W0460953

# LE CHAT
# QUI NE POUVAIT PAS
# TOURNER

ANNE DHOQUOIS

# LE CHAT QUI NE POUVAIT PAS TOURNER

EQUINOX

les arènes

*À mes chats*

# 1

*Ce n'est pas parce que la vie*
*n'est pas élégante qu'il faut*
*se conduire comme elle.*

Françoise Sagan

L'asphalte colle à mes pieds comme si le goudron venait d'être posé. La chaleur estivale de ce 14 juillet leste mon corps et alourdit chacun de mes pas. Marcher facilite ma concentration, même si le mouvement est contraint par la température ambiante. Je suis aux aguets, tel un prédateur. Je cherche ma proie : encore à l'état d'abstraction, elle prendra corps bientôt sous les traits d'une femme. C'est tout ce que je sais d'elle pour le moment. Et aussi que je la reconnaîtrai au premier coup d'œil. Question de patience et de perspicacité.

Je marche dans la ville toutes antennes dehors. Il est 22 heures, la foule qui arpente les berges commence à se densifier. Les enfants courent partout, savourant ce nouvel espace de liberté, ce bout de voie rapide désormais réservé aux piétons. Débarrassées des engins à moteur, les berges de Paris-Rive gauche invitent à la contemplation. Le paysage a de quoi combler le touriste le plus chevronné : en face, le Grand Palais ; pas loin, le musée d'Orsay ; toutes proches, la Seine et les arcades de fer du pont Alexandre-III – un jour, j'ai vu un clochard y élire domicile.

Je continue d'avancer en fendant la foule qui me sert de bouclier. Tout le monde se voit, personne ne se regarde. Un jeune homme me bouscule, s'excuse à peine. Je suis seul et des centaines à la fois, protégé par l'anonymat de la grande ville, serein. J'ai l'impression de marcher au rythme de mes acolytes d'un soir, venus célébrer la fête nationale et oublier un temps la misère de leur vie – une projection, sans doute.

La foule danse, une danse urbaine et saccadée, légère et désespérée, collective et solitaire. Je m'y sens bien, étonnamment bien. Pris par le tempo de la cité, j'avance encore, d'un pas chaloupé. Je passe devant un restaurant branché : terrasse sur la terre ferme, salle sur l'eau dans une péniche de fer et de verre amarrée juste en face. J'avance toujours et je la vois. Elle n'a rien de particulier, une jeune femme blonde – ses cheveux sont incroyablement fins, coupés très court –, aux yeux bleus et à la peau diaphane. Elle sourit timidement à ses compagnons de tablée mais semble ne pas être à sa place, comme une provinciale fraîchement débarquée au milieu de Parisiens

– encore une projection, peut-être. Je l'observe et je remarque qu'elle ne parle à personne. Elle est seule. Je m'approche pour mieux la scruter. Pourquoi elle ? Pourquoi ce soir ? Pas de réponse. Mon cerveau s'est éteint, comme déconnecté. Mon instinct animal a repris ses droits. Tapi dans l'ombre, je ne vois plus qu'elle et personne ne me voit. J'attends.

Elle se lève et regarde son portable. Le coup de fil fatal qui va déclencher un processus aussi invisible qu'irrésistible. La main dans ma poche, je sens l'instrument ; sa seule présence et la sensation tactile qu'il me procure me donnent la force nécessaire pour me rapprocher d'elle encore davantage.

Elle marche de long en large en tenant près de son oreille son excroissance technologique. Prise par la conversation, elle finit par atteindre le pont. Dessous, il fait déjà plus sombre. L'obscurité, mon amie, mon aimée, mon double. La foule qui danse toujours me conduit jusqu'à elle, comme si elle adoubait l'acte à venir et l'appelait de ses vœux. Elle ne me dévoile à la jeune femme blonde que quand elle a fini sa conversation. Le timing est parfait. D'autant que le feu d'artifice vient de commencer, attirant toute l'attention des promeneurs. Je sors mon couteau et la poignarde à quatre reprises en me récitant intérieurement : Au nom du Père, et du Fils, et du Saint-Esprit. Amen.

J'étouffe son cri pendant qu'elle vacille, son regard trahissant un mélange de douleur, d'effroi et de surprise ; je la retiens avant de la laisser glisser dans l'eau. Puis je la regarde sombrer, son téléphone toujours à la main. Personne autour de moi, le feu d'artifice bat son plein ; sur les berges, la foule a le nez en l'air, indifférente à ce qui se déroule au ras du sol.

Submergé par une émotion inédite, fulgurante, indescriptible, je reste là quelques instants, m'assurant que le corps est descendu au fond de l'eau.

Le couteau toujours à la main, recouvert par ma manche, je sens quelque chose couler le long de mon bras. La sensation me fait sursauter et me ramène à la réalité. Je balance l'arme dans la Seine. Un réflexe. Je jette un coup d'œil à ma chemise. Quelques éclaboussures de sang ici et là. Je mets mon imperméable, ma cape d'invisibilité, un K-Way attaché autour de ma taille – la météo avait annoncé de la pluie, j'ai été prévoyant.

Je me remets en marche, la main souillée cachée dans ma poche. Je regarde le feu d'artifice puis j'accélère le pas. Tout à coup, la foule se fait obstacle. Je suis pris d'une soif soudaine de solitude.

Je fixe mes pieds, qui n'ont qu'une envie, se mettre à courir. Je les bride. Surtout ne pas se faire remarquer, ne pas jouer les trouble-fête. Se fondre. Je quitte enfin les berges au-dessus du pont de l'Alma. Je rentre chez moi à pied, enfilant les rues et les boulevards.

Cette marche fait redescendre l'adrénaline peu à peu. Je n'étais qu'instinct, me voilà redevenu un homme doué de raison. Une brèche s'ouvre dans mon cerveau et je prends conscience du déroulé des événements. J'ai mis un couteau dans ma poche – je ne me souviens même plus de l'avoir fait. J'ai choisi une femme au hasard et j'ai pris une vie. Les images commencent à tourner en boucle dans ma tête, cognent les parois de mon cerveau et me donnent un mal de crâne de tous les diables.

Je m'approche de ma tanière. La familiarité du lieu m'apporte un réconfort salutaire. Je me calme, laissant émerger une sensation de plus en plus forte au fur et à mesure que j'avance. Je me sens tout à coup puissant, immortel, invulnérable. J'ai pris une vie et volé une âme qui désormais tiendra compagnie à la mienne. J'étais « un », me voilà « deux » – un autre qui jamais ne me trahira, ne me décevra. Je suis deux. Et pourquoi pas trois, quatre, cinq… J'ouvre la porte de chez moi. L'adrénaline est retombée. Une question demeure : à quand la prochaine ?

# 2

*Si je préfère les chats aux chiens,*
*c'est parce qu'il n'y a pas de chat policier.*

Jean Cocteau

– Allô, Sterling, vous êtes réveillé ?

– À 5 heures du matin, pourquoi voulez-vous que je sois réveillé, commissaire ?

– Je vais vous donner une flopée de bonnes raisons pour vous frotter les yeux : un corps sans vie, assassiné, retrouvé dans la Seine. Ça vous suffit ?

– Où se déroulent les festivités ?

– Rejoignez-nous sur les quais, au niveau de Javel. On vous attend.

Assis sur son lit, le capitaine se prit la tête dans les mains, les doigts entremêlés, les coudes sur les cuisses et la bouche entrouverte, d'où sortit un léger grognement. Il n'avait jamais aimé les réveils matinaux.

David Sterling, la quarantaine fatiguée, finit par s'extirper de son lit. Pas de précaution à prendre, personne ne partageait sa couche. Il se baissa pour caresser le poil soyeux de son chat Hans (son nom complet était Han Solo), un poil noir long aux reflets auburn. La queue dressée et les oreilles en arrière, Hans s'engageait dans le couloir pour montrer à son maître la route à suivre jusqu'à sa gamelle. En traître, celui-ci se faufila dans la salle de bains et entra dans la douche d'un pas hésitant, non sans avoir jeté un coup d'œil furtif à la glace. Le cheveu brun aussi dense qu'hirsute, les yeux bleu-gris effilés, à peine visibles tant les paupières étaient lourdes, la bouche mince qui semblait s'affaisser sous le poids des années et la barbe de trois jours qui commençait à le démanger… le portrait n'était pas très engageant. Par chance, lors d'un rendez-vous avec un cadavre, l'apparence importe peu.

Quelques minutes plus tard, le capitaine de police David Sterling était lavé, rasé, habillé – un jean, des baskets blanches, un tee-shirt gris et une veste militaire M65 noire avaient fait l'affaire – et prêt à se rendre sur la scène de crime. Une dernière caresse au chat qu'il venait de nourrir et il referma la porte de sa petite maison du 14e arrondissement puis se dirigea vers son scooter, une Vespa LX 125. Tel un rituel immuable, il mit son casque intégral – un Bell Bullitt noir intérieur cuir –, enfila ses gants de moto – des John Doe Freewheeler de couleur marron – et resserra le chèche autour de son cou.

Arrivé sur les lieux en un temps record, il se trouva nez à nez avec le procureur Bruno Lévy, connu pour être le moins bavard de tout le parquet de la capitale, et le commissaire André Roussof, un homme élancé de 55 ans, aux yeux rieurs qui contrastaient avec son air d'éternel inquiet.

– Bonjour, capitaine ! Eh bien, vous en avez mis du temps !

– Vous trouvez ? J'ai plutôt l'impression d'avoir couru un cent mètres…

– Le temps, c'est subjectif… Ce qui l'est beaucoup moins, c'est ce cadavre. Car je ne vous ai pas fait venir pour rien, Sterling. Au-delà du fait que vous êtes payé pour résoudre des enquêtes, la bonne nouvelle, c'est que cette affaire pourrait bien se révéler palpitante. C'est mon instinct qui parle, mon instinct, rien de plus.

– Content d'apprendre que votre instinct est resté intact, après toutes ces années passées derrière un bureau. Le terrain vous manque, commissaire ?

– Ne dépassez pas les bornes, capitaine… Allez plutôt faire votre travail, un mort vous attend. Monsieur le procureur a décidé de nous confier cette enquête au détriment de la Criminelle, qui a légèrement grincé des dents. Un vrai supplice pour les oreilles. Autant dire que vous portez sur vos épaules l'honneur du 3e DPJ. Soyez à la hauteur.

Sterling faillit se mettre au garde-à-vous mais y renonça. Un trait d'humour aurait sans doute été mal interprété en de telles circonstances. Il se contenta de gratifier le procureur d'un regard reconnaissant et s'éloigna. À quelques mètres de là, la scène de crime délimitée par des rubans de signalisation présentait son personnage principal : un corps étendu, sans vie, autour duquel s'affairaient déjà des agents de l'identité judiciaire, appareils photo en main, ainsi que le lieutenant Joël Bertin (dit Jojo). Il était accroupi à côté du cadavre quand Sterling passa sous les rubalises après avoir enfilé des gants en plastique blanc et lancé un bonjour qui signifiait qu'il était prêt à enregistrer les premières constatations.

– Selon le technicien, la victime est une femme d'une trentaine d'années, poignardée et sans doute jetée dans l'eau il y a plusieurs jours. L'autopsie nous le confirmera. Le corps a été repéré car il cognait entre la coque d'une péniche et les quais. Le proprio, qui se nomme Léo Legrand, est là, prêt à répondre à tes questions, résuma le lieutenant Bertin.

– Une piste pour procéder à l'identification ?

– Pas pour l'instant.

Le capitaine s'avança vers le propriétaire de la péniche, un prototype du bobo parisien qui mange bio et calcule son bilan carbone, se dit le policier en son for intérieur.

– Bonjour, David Sterling, capitaine de police en charge de cette affaire. Que s'est-il passé exactement ?

– Bonjour, capitaine. Eh ben, vers 4 heures du matin, j'ai été réveillé par un drôle de bruit, une sorte de clapotis. Quand on vit sur une péniche, des bruits, il y en a tout le temps, de toutes sortes, des craquements, des gargouillements, des glouglous…, mais celui-là, je ne l'avais jamais entendu. Je me suis levé et j'ai fini par identifier la source. C'est du pont que j'ai aperçu le corps. La première fois de ma vie que je vois ça. Et qui a pris l'eau, en plus. Pas un beau spectacle, capitaine, je vous l'assure.

– Il était où, exactement ? Vous pouvez me montrer ?

– Oui, suivez-moi, c'était juste là, entre la coque de la *Cécile*, c'est le nom de la péniche et celui de ma fille, et le quai.

– Qu'avez-vous fait ensuite ?

– Ensuite, je suis retourné à l'intérieur prendre mon portable et appeler la police. J'ai attendu dix minutes et ces messieurs-dames sont arrivés. On m'a demandé de m'écarter – vraiment pas beau à voir, le spectacle – et d'attendre le « chef d'enquête » – je cite de mémoire –, qui aurait sans doute des questions à me poser. Un peu comme dans les feuilletons américains ; je me suis toujours demandé si les flics regardaient des séries policières…

– Merci, monsieur Legrand, pour votre collaboration, trancha Sterling, peu affable en général et en particulier le matin. Vous pouvez retourner vous coucher. Enfin, moi, à votre place, c'est ce que je ferais. Sauf si vous préférez nous suivre au poste tout de suite pour qu'on enregistre votre déposition ?

Le propriétaire de la péniche déclina, choisissant de repousser ce rendez-vous judiciaire. David

Sterling gribouilla quelques notes sur son carnet et retourna voir son supérieur hiérarchique, un homme qu'il aurait pu trouver sympathique s'il n'avait pas été sous son autorité.

– Je vous le confirme, ça semble palpitant. Même si, à bien y réfléchir, ce n'est pas exactement le mot que j'emploierais. Mais le choix des mots, c'est... « subjectif », hein, commissaire ?

– Sterling, vous lever tôt vous rend caustique. Mais passons. Vos premières impressions ?

– Elle a probablement été jetée à la Seine un peu plus haut et le courant l'aura déportée jusqu'ici. Une chance que le corps ait été bloqué dans sa course et qu'il soit remonté à la surface sous la pression d'un obstacle – une hélice ou un truc du genre... Sinon c'est peut-être à Rouen qu'on l'aurait retrouvé, encore plus abîmé.

– Rouen, pas loin de chez vous, Sterling, n'est-ce pas ?

– Non, commissaire, je suis du Nord, un pur Ch'ti de Paris. Mais nous reparlerons de mes origines provinciales plus tard, le devoir m'appelle, patron. Je rentre au poste et je vous tiens au courant dès qu'on a du nouveau.

– J'y compte bien, Sterling, j'y compte bien. Pensez collectif, sur cette affaire. Ce n'est pas un conseil, capitaine, c'est un ordre.

*

David Sterling prit la direction du commissariat du 14$^{e}$ arrondissement de Paris, siège du 3$^{e}$ district de police judiciaire. Il gara son scooter et monta les marches d'un pas lent. Un local exigu lui tenait lieu de bureau. Personne n'était encore arrivé. Il allait pouvoir procéder à son rituel sans être dérangé : suspendre sa veste sur le portemanteau qui manquait de s'écrouler chaque matin, ouvrir son ordinateur, se servir un café afin de laisser le temps à sa vieille bécane de se mettre en marche, s'asseoir, repositionner le clavier à sa place idéale et activer son cerveau.

Quelques minutes de réflexion, et Sterling se mit en quête de l'historique des morts par noyade à Paris. Au bout d'un temps qui lui parut très long, l'ordinateur émit une liste de trente-quatre personnes pour les six premiers mois de l'année 2016. Un de ses collègues, lieutenant de police, tapa à la vitre qui séparait son bureau de l'open space. Sterling lui fit signe d'entrer.

– Tu tombes bien, Fred, j'ai un boulot pour toi. Je te la fais courte, on aura le temps d'y revenir quand l'équipe sera au complet et que je serai rentré de l'Institut médico-légal. On a repêché une jeune femme d'une trentaine d'années sur les berges, à Javel. Elle a sans doute été poignardée puis jetée à l'eau il y a soixante-douze heures environ. Vérifie si on n'a pas signalé la disparition d'une personne pouvant correspondre à cette description. J'ai commencé une recherche de la liste des noyades sur la capitale. Sur les trente-quatre trouvées, regarde les cas résolus et les affaires toujours en cours.

– OK ! Je m'y colle.

– Utilise de la bonne glu, on a le commissaire en embuscade. Le meurtre d'une jeune femme à Paris avec la Seine pour linceul, ça va bientôt faire les gros titres. Si on me cherche, je suis sur les quais. Besoin de m'imprégner à nouveau de l'atmosphère du lieu, l'esprit un peu plus au clair que ce matin à 5 heures. J'attendrai le coup de fil du légiste là-bas. Dis aux autres que je serai de retour dès que possible pour un débrief général.

– Bien, patron ! lança Fred avec ironie.

Une façon de chambrer le capitaine quand celui-ci était tenté par le one-man-show.

– Ne me rappelle pas sans cesse que je suis ton supérieur, je vais finir par le croire, lui retourna Sterling en souriant.

*

De nouveau sur son scooter, le policier savoura enfin la brise du matin qui caressait son visage. Le commissaire n'avait pas tort, il y avait quelque chose de palpitant dans cette enquête. Il l'avait senti en découvrant le corps : ce petit pincement au cœur, ce léger nœud dans le ventre, et cette sensation de dégoût qui faisait écho à la cruauté affichée et à la parfaite exécution du geste.

À Javel, l'identité judiciaire s'affairait encore, mais les pompes funèbres avaient emporté le corps. Il s'accroupit là où il avait été déposé, contempla la Seine, regarda le sol, puis recommença dans un mouvement d'aller-retour régulier. Son cerveau était totalement opérationnel. Il eut soudain la chair de poule. Si le corps avait été entraîné par le courant, il avait dû être jeté à l'eau à quelques kilomètres de là. Il se releva, reprit son scooter et se gara au niveau du pont de l'Alma. Il descendit sur la partie piétonne des berges, puis lentement les remonta en direction des Invalides. De temps à autre, il s'arrêtait, se penchait, s'accroupissait à nouveau, humait les odeurs environnantes et repartait. Au fil des minutes, les berges se remplirent : les sportifs faisaient leur jogging, les fêtards prenaient leur dernier café, les enfants jouaient à une marelle dessinée sur le sol, et les contemplatifs regardaient Paris.

Sous le pont Alexandre-III, Sterling s'arrêta à nouveau, se pencha pour observer la Seine de plus près, passant sans les voir à côté de quelques gouttes de sang que la saleté urbaine avait déjà largement recouvertes. Le capitaine marcha jusqu'au musée d'Orsay. Un escalier en bois fermait les berges à ce niveau-là. Il s'assit, laissant à ses pensées le temps de se mettre en ordre.

Dans sa poche, son téléphone vibra, l'extirpant de ses réflexions. À l'autre bout du fil, la médecin légiste Angélique Garcia se contenta d'un « Venez, je vous attends ». Sterling se releva et rebroussa chemin pour récupérer sa Vespa. L'enquête pouvait commencer.

# 3

*Le cynisme, c'est connaître*
*le prix de tout et la valeur de rien !*

Oscar Wilde

En se rendant à l'Institut médico-légal, Sterling se remémora certaines affaires qu'il avait eu à traiter dans sa carrière. Autant de cadavres dont les images défilaient dans sa tête. Des corps sauvagement mutilés parfois, ou à l'inverse étrangement intacts. Des corps qui chaque fois réclamaient justice. Et c'était à lui que ce message s'adressait ; il se devait de corriger cette erreur cosmogonique, comme si l'équilibre du monde en dépendait. Il avait déjà échoué. En joueur chevronné, il vivait chaque échec comme une défaite, un insupportable affront.

Passé la porte, il se rendit dans la salle d'autopsie, une pièce carrée peinte en blanc du sol au plafond, que seule une photo encadrée de la famille du docteur Garcia personnalisait un peu.

Un détail qui avait également comme avantage de rappeler que le maître des lieux était aussi un être humain. La médecin légiste Angélique Garcia, une femme d'une cinquantaine d'années, cheveux poivre et sel et lunettes austères, avait en effet de faux airs d'androïde. Un physique légèrement intimidant qui lui conférait une autorité naturelle, de quoi inspirer le respect et son incarnation vocale, le vouvoiement.

Le policier salua la légiste, qui l'attendait à côté du corps étendu devant elle. Le juge d'instruction désigné par le procureur, Emmanuel Lagrange, un homme d'environ 45 ans à la mine peu avenante mais au sérieux irréprochable, se tenait, lui, un peu à l'écart.

Garcia procéda à l'ouverture du torse, décernant définitivement à la victime le statut de cadavre. Sur les berges, quelque chose la reliait encore au monde des vivants. Les commentaires de la légiste sonnèrent comme une première oraison funèbre :

– C'est une femme d'une trentaine d'années, morte avant d'avoir sombré dans le fleuve. L'état de ses poumons l'atteste : on n'y décèle aucune présence d'eau. L'arme du crime est un objet tranchant suffisamment fin pour avoir pu glisser entre les côtes et atteindre directement le cœur, un couteau de cuisine de dix-huit centimètres par exemple. À mon avis, le tueur s'y connaît en anatomie, les quatre coups ont été d'une précision chirurgicale. Étant donné la température de l'eau à cette époque de l'année et l'état de décomposition de la chair, je dirais qu'elle a passé trois jours dans la Seine et qu'on l'y a jetée juste après l'avoir tuée. Pour le reste, il n'y a aucune trace de lutte : la jeune femme ne s'est pas débattue, tout cela a dû se dérouler très rapidement. J'ai quand même noté une trace de griffure sur ses genoux, et son jean était légèrement déchiré à cet endroit-là. Ce n'est qu'une hypothèse, mais si on imagine que le tueur l'a poignardée sur les berges et jetée à l'eau dans la foulée, elle a pu s'écorcher contre le quai. Ça pourrait être une piste pour retrouver la scène de crime…

– Une piste, c'est plus qu'il ne m'en faut, doc, même si j'aurais préféré une identification. C'est trop demander, non ?

– Nous n'avons découvert aucun papier sur elle, désolée. Nous allons devoir solliciter le labo pour un processus d'identification dentaire et de recherche ADN. Je suggère également une analyse de sang : certains de ses organes, comme le foie et la rate, semblent abîmés et, comme vous pouvez le constater, la victime a des ecchymoses à plusieurs endroits du corps. Difficile de distinguer si ce sont des coups portés ou la manifestation d'une mauvaise coagulation…

– Intéressant, murmura Sterling. Et côté empreintes ?

– Ses vêtements sont prêts à être analysés et je vais tenter de faire parler le corps, mais l'eau a déjà fait des dégâts, ne vous attendez pas à un miracle, Sterling.

– Et pourquoi pas ? Il se pourrait bien que je devienne mystique avec l'âge.

Garcia leva les yeux au ciel puis enchaîna :

– Le labo vous appellera pour vous donner les résultats des différentes analyses. Ça ne devrait pas être long, conclut-elle en jetant un coup d'œil vers le juge, qui n'avait pas ouvert la bouche jusque-là.

– Il faut agir vite, comptez sur moi pour accélérer les procédures, dit celui-ci avant de s'en aller en se contentant d'un salut de la tête.

– Je vais donc m'armer de patience, lâcha Sterling. Je rentre au commissariat briefer l'équipe et, avec une photo retouchée de la victime, nous allons tenter d'avancer de notre côté. On verra bien qui parviendra à l'identifier le premier.

– Pourquoi un tel esprit de compétition, capitaine ? La coopération, c'est l'avenir.

– Vous êtes la deuxième personne à me parler de ça aujourd'hui. Un effet de mode, sans doute.

– Je… oh, inutile de deviser avec vous, Sterling. Allez-vous-en, laissez-moi seule ici avec ma conscience.

Quelques instants plus tard, Sterling était à nouveau sur son scooter en direction du 3e DPJ. Son humeur avait changé, comme sous l'effet d'un malaise insidieux qu'il n'arrivait pas à nommer. Le cynisme est une bête féroce qui grignote ses proies de l'intérieur, sans qu'on puisse l'en extirper. La foi peut-être pourrait y parvenir. Ou l'amour. Un sentiment qu'il avait banni depuis déjà quelques années. Le salut était dans l'action. Agir pour trouver la vérité, tel était son devoir et l'antidote au poison, ce qui le reliait à l'humanité et gardait la folie à distance.

Quand il poussa la porte du commissariat, le capitaine de police Sterling était passé en mode « combat ». Un combat pour retrouver un tueur ou pour se sauver lui-même.

# 4

*Tout le bonheur des hommes*
*est dans l'imagination.*

Marquis de Sade

De retour à son bureau, David Sterling trouva son équipe au complet, attendant les instructions. Il y avait là les lieutenants Frédéric Picot (dit Fred) et Joël Bertin, deux jeunes hommes à la carrure virile – l'un grand, l'autre de taille moyenne –, à la tête bien faite – l'un blond, l'autre brun – et aux pieds solidement ancrés dans le sol. Le capitaine appréciait leur présence et leur sérénité. Ces types-là n'étaient visiblement jamais tiraillés par le doute. Ils pensaient être là où ils devaient être, légitimes. Le socle sur lequel était posé Sterling était bien plus instable.

Issu d'une famille de notables du Nord, il avait grandi à Paris dans une maison héritée de ses grands-parents, des commerçants prospères et économes. Élevé dans la nostalgie d'une existence où province rime avec douceur de vivre, Sterling avait vu ses parents – héritiers des magasins de bouche fondés par le père de son père – trimer pour maintenir un niveau de vie acceptable. Le progrès social commençait à marquer le pas ; retarder la chute avait été leur obsession. Selon Sterling, ils en étaient morts, oubliant trop souvent de prendre du plaisir aux petites choses. De cette anxiété quotidienne il avait également hérité, cherchant cette sorte de bonheur qui fuit dès qu'on s'en approche de trop près, comme une malédiction. Y renoncer avait été l'une des plus sages décisions de son existence.

Aux côtés de Bertin et Picot se tenaient les lieutenantes Juliette Blanchard et Justine Perrault (Sterling les surnommait les Juju). La première devait son prénom à Shakespeare, la seconde au marquis de Sade. De quoi rehausser le niveau culturel de ce commissariat, s'était dit le capitaine quand leur collaboration avait débuté. Juliette était un petit bout de femme d'un mètre soixante, brune, assez menue, dont le corps était en partie recouvert de tatouages. Justine, elle, était châtain tirant sur le blond cendré, grande, élancée, et adepte de volley-ball. Trentenaires, les deux jeunes femmes étaient des flics douées, instinctives et efficaces. Elles ne rechignaient jamais à la tâche.

Enfin, il y avait le lieutenant stagiaire Thomas Cottret, dont la naïveté était une source inépuisable d'étonnement. D'autant qu'elle s'accompagnait d'une solide assurance et d'un souci constant de préserver son bien-être personnel. Une personnalité agaçante pour ses aînés. Mais qui ne devait pas faire oublier son master 2 de droit pénal et sciences criminelles. Ou comment les connaissances théoriques d'un jeune con – son style « minet » n'arrangeait pas son cas – se révélaient fort utiles à une équipe pour laquelle l'instinct et le coup de poing constituaient des valeurs cardinales.

– Bonjour, tout le monde ! lança Sterling. J'espère que vous avez bien dormi et que vos neurones sont en alerte, nous avons un crime à résoudre. Rien d'exceptionnel, me direz-vous, mais dans ce cas précis le commissaire semble en faire une affaire personnelle : la jeune femme a l'âge de sa fille, ceci explique peut-être cela. Un cas à résoudre au plus vite, donc.

Après avoir fait un résumé des informations fournies par Garcia, Sterling s'empressa de dispatcher le travail :

– Fred, est-ce que quelqu'un a signalé la disparition d'une jeune femme qui pourrait être notre victime ?

– Non. Rien de ce côté-là.

– Et parmi les trente-quatre noyés de la Seine, combien de cas non résolus ?

– Trois.

– Creuse un peu. Si notre crime n'est pas isolé, autant le savoir au plus vite. Jojo, comme je l'ai dit, Garcia a confirmé que notre victime avait été tuée il y a trois jours, et il est possible qu'elle ait été poignardée sur les quais. Essaye d'établir où elle a été jetée à l'eau. Les Juju, récupérez auprès de la scientifique des photos potables et retouchées de la victime. Ça vaut le coup de retourner sur la partie piétonne des berges et de demander aux restaurateurs si ce visage leur dit quelque chose. Un coup de chance n'est jamais à exclure. Je viens avec vous. Thomas nous accompagne. Départ dans dix minutes, le temps de rendre compte au commissaire. On se retrouve ici en fin de journée pour un nouveau débrief.

*

Une fois sur les quais, les policiers tentèrent leur chance auprès des commerçants, mais aucun ne reconnut le visage de la jeune femme. Rien d'étonnant : à la seconde où les personnes interrogées comprennent qu'on leur montre la photo d'une morte, elles détournent le visage et refusent de se creuser la cervelle. Aucun sac abandonné n'avait été retrouvé. La victime devait en porter un, qui avait sans doute fait le bonheur d'un voleur à la tire – les quais en étaient pleins. En revanche, le lieutenant Bertin avait pu isoler une scène de crime potentielle… La bonne nouvelle du jour et la priorité du lendemain.

La priorité du soir était, elle, d'un autre ordre. L'heure de la retraite avait sonné pour Bernard Steller, que tous appelaient Bernie au sein du commissariat, un officier de la Brigade anticriminalité de Paris, mais aussi sosie physique et vocal de Jean Gabin. Trait commun parmi d'autres, Bernie, âgé de 55 ans, avait les cheveux entièrement blancs du Gabin d'après-guerre. Encore un jeune homme avant le conflit, l'acteur était revenu vieux, les traits et le corps marqués. Pour Bernie, la transition s'était opérée quelques mois après avoir intégré la BAC. Mais, malgré la pression de sa femme, il n'avait jamais voulu quitter les baqueux, préférant le terrain à une vie de commandement derrière un bureau. Un terrain qu'il connaissait bien. Toujours de bon conseil, il savait voir dans une enquête les terrains en jachère, les brèches dans le mur, les trous de serrure qui méritaient qu'on y colle un œil. Un flic comme on n'en faisait plus, tout en instinct et en savoir-être, loyal et dévoué. Durant leurs longues années de compagnonnage, Sterling, tout particulièrement, prêtait toujours attention à son point de vue, comme un jeunot qui s'en remet à un vieux sage. Au fil des ans, les deux collègues étaient devenus amis, une amitié renforcée par le veuvage du policier. Liliane, son épouse, était morte d'un cancer quelques mois plus tôt. Bien que le sachant entouré de son fils et de son petit-fils, dont Bernie était très proche, Sterling s'était missionné pour veiller sur son pote, prêt à intervenir au moindre signe de chute. Et la retraite sonnait comme une nouvelle étape dans cette surveillance rapprochée. Le terrain lui avait permis de ne pas s'apitoyer. Qu'en serait-il quand il se retrouverait seul chez lui ?

Ce soir-là, toute la brigade s'était affairée pour mettre les petits plats dans les grands.

Et quand Bernie fit son entrée au commissariat du 14e arrondissement, qu'il avait définitivement quitté quelques jours plus tôt un carton sous le bras, il fut accueilli à la fois par des applaudissements et une banderole : *Bernie, on t'aime.* Des sifflets retentirent également. Ému, le jeune retraité peina à retenir ses larmes, saluant les uns, embrassant les autres. On lui mit une coupe de champagne dans la main et tous se turent pour écouter le pitch du commissaire. Roussof relata nombre d'anecdotes, drôles parfois, touchantes souvent et graves lorsqu'il aborda l'affaire Keller.

Patrouillant dans l'un des quartiers sensibles de l'arrondissement, porte de Vanves, la BAC avait attrapé en flagrant délit de vol à main armée un jeune homme de la cité voisine, Simon Keller. Le juge, prenant en compte une situation familiale compliquée, avait fait preuve de clémence, et Keller était ressorti de prison trois mois plus tard. Bernie en avait ressenti de l'amertume, de celle que les flics entretiennent lorsqu'ils considèrent que les magistrats relâchent trop facilement les voyous qu'ils s'échinent à arrêter. Une amertume devenue une obsession. Bernie était convaincu que Keller était un sociopathe qui récidiverait. Quand une rumeur de viols en série commença à remonter des bas-fonds de la cité, il se focalisa sur lui. En pure perte. Il tentat d'arracher des infos aux jeunes qui tenaient les murs ou aux filles du quartier – aucune du reste ne porta plainte –, en vain. Face à lui, l'omerta d'un quartier replié sur lui-même, un ennemi plus fort que toute la BAC réunie. Lors d'un brief avec le 3e DPJ, un officier de la police judiciaire répondant au nom de Florence Tussin les avait accusés à demi-mot de mal faire leur boulot. En réponse, elle s'était pris une mandale dans la figure : Bernie était un sensible, avec une façon bien à lui de le montrer. Elle avait riposté en lui administrant un coup de pied dans les parties génitales. Le flic de la BAC avait fait l'objet d'une procédure disciplinaire, sans grande conséquence, mais l'incident avait marqué les esprits ; la lieutenante Tussin avait depuis quitté la brigade. Et puis, Simon Keller avait fini par commettre une erreur : changer le lieu de ses méfaits. Un commerçant s'était plaint à une patrouille de bruits étranges remontant d'un soupirail – pas bon pour les affaires, selon lui. Il devait se manifester si ça se reproduisait, mais la police n'entendit plus jamais parler de lui. Bernie avait quand même glissé l'info à Sterling, pressentant que celle-ci confirmerait les rumeurs. Sur ordre du procureur, le dossier avait atterri sur le bureau du 3e DPJ, qui avait fini par résoudre l'affaire grâce à une surveillance acharnée et à un coup de chance incarné dans une goutte de sperme retrouvée sur un vieux matelas dans une cave. Keller confondu, ses victimes, au nombre de dix, avaient parlé. Et ses copains l'avaient lâché. Depuis, il croupissait en prison. La presse avait alors fait l'éloge du 3e DPJ et de son capitaine, laissant dans l'ombre Bernie et ses collègues de la BAC.

Lors de son discours, Roussof tint à réparer cette injustice. Puis le commissaire leva son verre en hommage au vieux flic et celui-ci fut bruyamment invité à prononcer quelques mots. La gorge serrée, il se contenta de remercier les uns et les autres, citant un à un les baqueux, qui lui manqueraient tant. Il leur souhaita bonne chance et leva son verre à leur courage et à leur dévouement.

Une fois les discours prononcés, le moment festif de la soirée put commencer. Chacun se pressait contre Bernie pour immortaliser l'instant ; il y eut des selfies en pagaille, dont certains furent publiés sur les comptes Instagram de policiers trentenaires. Juliette en fit même une *story* sous le regard mi-admiratif mi-amusé de Bernie, qui se demanda si ces histoires digitales éphémères recelaient un quelconque intérêt. Il garda cette réflexion pour lui. Puis le jeune retraité prit chacun à part, dispensant des conseils et des tapes dans le dos. Vint le tour de Sterling.

– Tu vas me manquer, vieux frère, dit le capitaine.

– Et toi donc !

– Mais, comme tu t'en doutes, on n'en a pas fini, toi et moi. Je suis là, ou jamais très loin.

– L'inverse est vrai, David. Tu le sais ?

– Je le sais, Bernie. Et je t'en remercie.

Les deux flics se regardèrent un instant et d'un mouvement commun se serrèrent dans les bras l'un de l'autre.

Puis Fred tenta de transformer le commissariat en *dance floor*, sans trop de succès, les policiers préférant boire des coups tout en grignotant quelques chips. Roussof fut le premier à partir, suivi de près par les mères et pères de famille. Peu à peu la salle se vida. Bernie fut l'un des derniers à quitter les lieux, laissant derrière lui une carrière bien remplie.

Sur les coups de 21 heures, Sterling rentra chez lui. Il alluma la télévision, un modèle hors d'âge avec un cul proéminent bien plus joli que ces écrans plats, à l'image des mannequins d'aujourd'hui. Quelle époque étrange, qui cherche à masquer les formes où qu'elles soient... Mais, bien que corpulente, la télévision n'était pas parvenue à capter son attention.

Un vague grognement provenant de son ventre lui avait fait ouvrir le réfrigérateur, mais rien de ce qu'il contenait ne lui avait donné envie. Hans, lui, avait réclamé son dû et l'avait obtenu. Sterling pouvait jeûner, pas son chat, cet être bizarre qui semblait parfois l'observer avec un mélange de compassion et d'étonnement.

Il mit un vinyle de Gainsbourg – il était fan, surtout de ses premières chansons, qu'il avait l'habitude d'écouter en boucle sur sa vieille platine – et passa un peu de temps sur l'application Pretender, opérant avec son doigt le geste caractéristique vers la gauche ou la droite signifiant à un profil un *yes* si celui-ci l'intéressait ou un *nope* si ce n'était pas le cas. Quand il y avait *match*, un son particulier se faisait entendre, laissant le champ libre à l'échange. Vite lassé par l'exercice, tournant en rond, Sterling décida d'aller boire un coup à son bar de prédilection, un troquet de quartier que ses jeunes propriétaires avaient modernisé avec des meubles de récup, de la peinture taupe, un éclairage tamisé... Habitué des lieux, le capitaine s'y rendait seul la plupart du temps, échangeant des banalités avec Tom, le barman, et Ben, le cuistot. Mais c'était avec son verre de whisky que Sterling avait la conversation la plus aboutie. Il le fixait, le caressait, faisait tourner le liquide ambré, teinté d'orange et d'acajou.

Le glaçon cogna le verre, émettant un léger son comme s'il trinquait avec lui-même. Avec qui d'autre trinquerait-il ? Sterling était un solitaire habitué à sa solitude, cette catin qui vous emprisonne sans que vous vous en aperceviez, rendant un jour toute promiscuité insupportable. Et le départ de Bernie n'arrangeait rien. Le vieux flic laissait un vide, rapidement rempli par un sentiment de mal-être. Le capitaine avait peu de points de repère dans l'existence. Son pilier principal, outre sa sœur, c'était la brigade et le commissariat, qui voyait partir un de ses meilleurs éléments.

Sterling avait bu plusieurs verres, perdant peu à peu la notion du temps. Après la fermeture du bar, Tom l'avait aidé à rentrer chez lui. Il avait trouvé les clés dans sa poche, l'avait déposé lentement sur le canapé du salon, le chat Hans prêt à se blottir contre lui. Puis il avait refermé doucement la porte derrière lui, laissant le flic cuver son whisky.

*

Le lendemain, à 9 heures, la sonnerie du téléphone réveilla le capitaine Sterling.

– Salut, David. Philippe Henry au téléphone. Je t'appelle du labo car je viens de recevoir les résultats des analyses de sang de la victime retrouvée hier dans la Seine. L'intuition de Garcia était bonne : elle avait un cancer, une leucémie, et il y a peu de temps on lui avait administré une forte dose de chimiothérapie. On a découvert des traces d'Aracytine dans son organisme.

– En voilà une bonne nouvelle, dit Sterling, la bouche pâteuse.

– Je me doutais bien que ça t'intéresserait, même si j'ai la vague impression que tu n'es pas en mesure d'apprécier l'info à sa juste valeur...

– Détrompe-toi, Philippe, tu ne sais pas à quel point tu me fais plaisir.

– Quel drôle de métier, quand on y pense : faire plaisir en annonçant qu'un cadavre était atteint d'une maladie grave !

– Ça semble t'inspirer, en tout cas.

– Peut-être : la vie, la mort, l'éphémère, l'injustice, rien de nouveau sous ces néons blafards, mais y a quand même de quoi gamberger, tu ne trouves pas ?

– Je ne sais pas... Mais ça ne doit pas t'empêcher de philosopher. Il faut bien que certains s'y collent pendant que les autres se vautrent dans le désespoir.

– Tu me déprimes, Sterling. Bouge-toi les fesses pour retrouver celui ou celle qui a enlevé la vie à cette jeune femme. De nos jours, on peut guérir d'une leucémie, elle est partie bien trop tôt. Je te fais signe dès que le processus d'identification dentaire est achevé et que l'on a son ADN.

– Merci. Que serais-je sans toi qui vins à ma rencontre… ?

– Te voilà poète, maintenant… Déclamer Aragon en de telles circonstances, tu m'étonneras toujours.

– J'ai toujours préféré la poésie à la philosophie, ou comment faire du sublime avec du glauque. La bonne journée, Philippe.

Une fois le téléphone raccroché, le capitaine – toujours assis sur son lit – se frotta abondamment les yeux. La nuit avait été mauvaise ; les cauchemars étaient revenus et avec eux l'impression qu'une part de lui-même lui échappait. Lui qui avait construit sa vie sur le contrôle, fuyant ce qui pouvait mettre à nu ses faiblesses, cédait du terrain à son inconscient. La bataille était inégale, il le savait. D'où la sensation de chute que seul son travail enrayait. Son travail et l'alcool, parfait remède contre cette salope de réalité. Un remède ô combien efficace : jusqu'à quelle heure était-il resté dans ce bar ? Qui l'avait ramené ? Aucun souvenir.

# 5

*Moi, j'ai pas de cancer,*
*j'en n'aurai jamais, je suis contre.*

Pierre Desproges

Sterling finit par se lever. Un léger mal de tête ralentissait ses mouvements, mais en dix minutes il fut prêt. Prêt, c'est-à-dire présentable et déterminé à faire avancer l'enquête, qu'il espérait boucler rapidement. Sterling aimait gratter ses écorchures mentales en paix. Une affaire trop lourde et trop prenante l'en empêchait. Une bonne chose, au demeurant, qui le soulageait un moment, mais le capitaine ne pouvait pas vivre trop longtemps coupé de ses obsessions. Quand vous ne faites plus qu'un avec votre mal-être, il se confond avec votre identité.

Et puis, Sterling le savait, le commissaire n'allait pas le lâcher. Pour éviter un inévitable harcèlement qui l'empêcherait de penser en rond à ses diverses défaillances, il lui fallait être efficace.

Une motivation supplémentaire pour oublier les manifestations corporelles de sa cuite de la veille.

Après avoir rendu compte par téléphone à son équipe de sa conversation avec le policier de l'Institut national de police scientifique et avoir demandé que la photo retouchée de la victime lui soit envoyée sur son smartphone – son seul caprice technologique –, Sterling se lança dans la tournée des hôpitaux parisiens dotés d'un service spécialisé en cancer du sang. Il fit chou blanc à Necker et à Saint-Louis, puis se rendit à Saint-Antoine, en savourant ce moment qu'en tant que flic il appréciait particulièrement : enquêter seul, suivre une piste, sentir que quelque chose frémissait. C'est finalement pour cela qu'il s'était engagé dans la police. Pas de vocation réelle au départ, nul sens moral chevillé au corps. Encore moins d'envie irrépressible d'arrêter des bandits. Non, juste l'intuition qu'être flic c'est comme vivre dans un jeu vidéo. Or Sterling était joueur. Trop. Il appréciait l'adrénaline, le combat, l'énergie déployée pour gagner. Il aimait tous les jeux, surtout le poker. Un hobby devenu une obsession, une drogue, encore une. Il se soignait – cure de désintoxication imposée par son banquier –, mais Sterling était un addict. Parfois, c'est un atout dans ce métier. Parfois seulement.

Arrivé au quatrième étage du bâtiment C de l'hôpital Saint-Antoine, il se présenta à l'accueil du service d'hématologie et expliqua la raison de sa venue. La jeune femme qu'il avait en face de lui n'avait pas 30 ans et semblait déjà fatiguée.

L'hôpital public était dans un sale état, pas assez de personnel et tellement de responsabilités, la vie de milliers de gens entre les mains. Et pour quelle reconnaissance ? fulminait Sterling en pensant également aux moyens insuffisants dont disposait la police.

Un « Bonjour, docteur Rosi, que puis-je faire pour vous ? » le sortit de sa rêverie. Le médecin-chef était un homme d'une quarantaine d'années que Sterling trouva d'emblée antipathique, le genre à économiser le moindre de ses mots, comme si chacun d'eux valait de l'or, le genre à se croire intrinsèquement supérieur. Aucune importance. Il n'avait que peu de temps à passer avec cet individu, un temps qui se révéla précieux. À la seconde où le médecin regarda la photo, il écarquilla les yeux et de sa bouche sortit un « Oh ! » retentissant.

– Bien sûr que je connais cette jeune femme, c'est Hélène Messan !

– Eh bien, Hélène Messan vient d'être assassinée et je suis en charge de l'enquête. Elle a été hospitalisée ici pour une leucémie, n'est-ce pas ? dit d'emblée le capitaine, pour ne pas tomber dans le piège du secret médical et obtenir le plus d'informations possible.

Rosi n'hésita que quelques secondes et répondit :

– Elle est restée un mois après sa première séance de chimiothérapie et devait réintégrer le service prochainement, c'est le protocole. Que lui est-il arrivé, capitaine ?

– On l'a retrouvée dans la Seine, hier. Elle a été poignardée il y a quelques jours. On n'avait pas encore pu l'identifier. Vous nous faites faire un pas de géant, docteur.

Le médecin sembla ignorer la remarque et poursuivit :

– Qui a bien pu lui faire ça ? Je ne l'ai pas vue beaucoup, mais je sais que les infirmières l'aimaient bien. Toujours aimable, gentille avec le personnel… Je vais voir si l'une d'elles peut vous parler…

Quelques instants plus tard, Rosi revint avec une jeune femme en blouse et pantalon bleus. Ses cheveux bruns légèrement bouclés étaient en vrac – la faute à une charlotte qu'elle venait d'enlever. Elle s'avança vers lui, le regard grave et la main tendue.

– Bonjour, Émilie Hugues, infirmière en chef. Le docteur Rosi vient de me dire ce qui est arrivé à Hélène Messan. Quel choc !

– Je comprends votre émotion, dit sincèrement Sterling, qui enchaîna, impatient de découvrir ce qui se cachait au bout du fil qu'il venait de tirer : Pouvez-vous me la décrire ?

– C'était une personne réservée, gentille. Du genre à s'excuser de vivre – un paradoxe ici –, toujours peur de nous déranger, d'en demander trop. Elle ne se plaignait pas alors que la première session de chimio n'avait pas été une partie de plaisir. Elle n'avait pas perdu tous ses cheveux et ça avait suffi à lui rendre le sourire. Elle venait du Sud-Ouest, de Bordeaux exactement, tout juste débarquée à Paris pour le travail elle était graphiste free-lance. Du coup, elle connaissait peu de monde ici ; sa famille était venue la voir mais ils n'ont pas pu rester. Elle a été diagnostiquée début juin si ma mémoire est bonne. Le jour même des résultats de ses analyses de sang, il a fallu l'hospitaliser, elle n'avait plus aucune défense immunitaire.

– Vous en parlez avec tendresse, vous l'aimiez bien ?

– De la tendresse, non, mais je l'appréciais. Difficile de s'attacher dans notre métier, capitaine, il faut garder un peu de distance si on ne veut pas mourir de chagrin à chaque décès.

– Elle était condamnée ?

– C'était bien trop tôt pour le dire, trancha Rosi. Dès son hospitalisation, nous avons lancé les recherches pour une greffe de moelle osseuse. Nous étions plutôt optimistes, à ce stade de la maladie.

– Avez-vous souvenir d'une dispute avec l'une des personnes qui sont venues la voir ? Se serait-elle confiée sur un éventuel conflit avec quelqu'un de son entourage ?

– Ça ne me dit rien, répondit l'infirmière. Mais je vais interroger l'équipe.

– Voici ma carte. N'hésitez pas à m'appeler. La moindre info peut nous être utile.

Une fois toutes les formalités accomplies pour récupérer le dossier médical, Sterling se dirigea vers la sortie ; il allait entrer dans l'ascenseur quand l'infirmière le héla.

– Tenez-nous au courant des avancées de l'enquête, capitaine. On ne s'attache pas à nos patients, mais je dormirai mieux quand vous aurez arrêté l'individu qui a fait ça. Personne ne mérite de mourir ainsi, mais Hélène encore moins que les autres. Il y avait quelque chose de pur en elle.

– C'est peut-être pour cela qu'on l'a tuée… Dans notre monde, la pureté, c'est une provocation, comme un affront sourd à la laideur environnante.

Émilie Hugues hocha la tête, un peu surprise par la réponse du policier, et le regarda partir. Rosi, lui, avait déjà repris son train-train d'homme pressé.

En sortant de l'hôpital, Sterling appela son équipe pour l'informer de l'avancée de l'enquête. Un nouveau débriefing était programmé, d'autant que Bertin revenait des berges avec de bonnes nouvelles. Sterling était presque content quand il remonta sur son scooter. Une chose l'empêchait de l'être tout à fait : d'ici une heure, des parents allaient apprendre le décès de leur fille.

*

De retour au commissariat, Sterling s'isola dans son bureau. Il prit connaissance du rapport de la légiste et composa le numéro de la PJ de Bordeaux. L'un de leurs agents devrait se rendre au domicile de la famille Messan et leur annoncer la nouvelle. En un instant, leur vie allait basculer et un cauchemar sans fin commencerait.

Un cauchemar éveillé alimenté par une question lancinante, douloureuse, insupportable : pourquoi ? C'était notamment à lui qu'incombait la responsabilité d'y répondre en trouvant l'auteur des faits. Après de longues années de carrière, Sterling savait que parfois ça ne suffisait pas. Un meurtrier peut tuer sans raison, au hasard. Et le pourquoi reste suspendu en l'air, désincarné, inexpliqué, inexplicable. La faute à la folie humaine, à sa noirceur profonde, à son goût du sang. Des mots qui disent tout et rien, et qui ne soulagent jamais les familles dans le chagrin.

Une fois le combiné raccroché, Sterling s'extirpa de ses pensées, prêt à faire le point avec son équipe. Le commissaire s'était joint à la petite assemblée, l'air réjoui, comme si tout le mérite des derniers événements lui revenait.

Dans l'open space qui servait de bureau aux lieutenants, le tableau blanc permettant de synthétiser l'affaire commençait à se remplir.

– La victime s'appelle donc Hélène Messan, annonça Sterling, tout en écrivant le nom au marqueur au-dessus de la photo placée au milieu du panneau. 31 ans, célibataire et hospitalisée à Saint-Antoine pour une leucémie. Entre deux cures de chimio, elle pouvait rentrer chez elle, rue Marcadet, dans le 18e. Étant donné les conclusions de la légiste, le meurtre a pu se produire le 14 juillet… Hélène serait allée sur les berges pour admirer le feu d'artifice. Précision importante : elle n'a pas subi d'agressions sexuelles. Jojo, je te laisse poursuivre.

– En me rendant sur les lieux avec des agents, nous avons pu isoler des gouttes de sang sur le sol sous le pont Alexandre-III. La scientifique est à l'œuvre pour les prélèvements. Avec un peu de chance, ce sera celui de la victime.

– On va également demander au juge d'instruction un ordre de mission pour les plongeurs de la gendarmerie, des fois que la Seine recèle quelques éléments de preuve. La recherche d'empreintes sur le corps et les vêtements n'ayant rien donné, ça ne serait pas du luxe ! La PJ de Bordeaux, qui va envoyer quelqu'un au domicile de la famille, doit se procurer une photo récente de la victime. Dès qu'on la reçoit, les Juju, vous vous rendez à son domicile pour l'enquête de voisinage. Thomas, connecte-toi aux réseaux sociaux, ça nous apprendra peut-être quelque chose sur l'entourage de cette jeune femme et sur son éventuelle vie amoureuse. Jette également un œil à son compte en banque et son relevé téléphonique. Fred, qu'ont donné tes recherches sur les noyés de la Seine ?

– Pas grand-chose. Mais aucun n'a été poignardé.

– Vois quand même si l'un d'eux n'a pas un lien avec notre victime et épluche son dossier médical. A priori, on n'apprendra rien de nouveau, mais on ne peut négliger aucune information. Commissaire, une remarque ?

– Non, capitaine. Vous faites du bon boulot. Pourvu que ça dure…

Quelques instants plus tard, Sterling eut confirmation que les parents d'Hélène Messan avaient été prévenus du décès de leur fille et qu'ils seraient à Paris le soir même. Sur son portable s'afficha un portrait de la jeune femme daté de mai 2015. Apparut une jolie fille pleine de vie. Elle souriait devant l'objectif, l'air complice et légèrement réprobateur, comme si elle n'aimait pas être photographiée mais se laissait faire de bonne grâce. Sterling imagina la scène: la maison familiale, une jolie journée de printemps, un père photographiant sa fille... et sa fille qui lui sourit, de ce sourire si singulier que les filles réservent à leur père. Sans s'attarder, Sterling transféra le fichier à son équipe, un goût légèrement amer dans la bouche: l'image du corps sans vie d'Hélène effaça d'un coup le cliché des jours heureux.

# 6

*Il est plus facile d'aimer l'humanité*
*en général que d'aimer son voisin.*

Eric Hoffer

Dès réception de la photo d'Hélène Messan sur leurs portables, Juliette et Justine se rendirent en voiture au domicile de la jeune femme ; d'autres policiers, ainsi qu'un serrurier, les suivaient pour procéder à la perquisition. Sur le trajet, elles évoquèrent leurs vies privées, auxquelles se mêlaient des impressions sur l'enquête et surtout des commentaires sur le capitaine Sterling. Sur ce sujet, les deux flics étaient intarissables. Le policier exerçait sur elles une influence incontestable ; elles admiraient son flair et sa ténacité, elles louaient sa capacité de travail jusqu'à l'obsession, voire l'acharnement. Et respectaient son expérience d'homme de terrain, pour qui chaque enquête nourrissait la suivante. Mais de cet homme si percutant, si clairvoyant, se dégageait aussi un mystère teinté de noirceur. De sa vie privée, elles savaient peu de chose et en imaginaient beaucoup : un jour, il était adepte de clubs échangistes ; un autre, il errait dans les *backrooms* du Marais. Cette fusion de sublime et de glauque faisait de Sterling un être à part, doué d'un pouvoir de séduction certain : outre sa gueule cassée de mec constamment fatigué, Sterling avait une voix grave, posée, envoûtante, et une démarche assurée, énergique, sensuelle, d'où s'échappait parfois une hésitation qu'elles interprétaient comme une forme de vulnérabilité.

Viril et mystérieux, fort et fragile, Sterling était LE piège à fantasmes dont il ne fallait surtout pas tomber amoureuse. Justine aurait pu, mais elle avait rencontré son jules au bon moment. Juliette l'avait été et l'avait gardé pour elle, enjoignant à son cœur, cet organe anarchiste par essence, de renoncer à une telle entreprise. Aucun de ses collègues ne s'en était rendu compte, elle en était certaine. La solide Juliette avait souffert en silence, jusqu'au jour où, à force de volonté et grâce à un sens profond de l'autopréservation, elle avait fini par décrocher. Elle en avait gardé une petite blessure cachée au fond des tripes. Mais aussi une connexion particulière à cet homme dont elle croyait deviner les pensées et qu'elle parvenait à suivre dans le dédale de ses angoisses et de ses fulgurances. Sa fragilité sentimentale était devenue un atout ; la faille s'était muée en confiance et c'était sur le terrain que cet avantage se dévoilait tous les jours un peu plus. Quand la lieutenante Blanchard sortit de la voiture garée devant le 108 rue Marcadet, elle avait la conviction que si quelque chose pouvait faire avancer l'enquête elle le trouverait.

En entrant dans l'immeuble en pierre de taille, les deux jeunes femmes firent un premier constat : pas de gardien, cette commère irremplaçable qui fait de Paris un village. Heureusement que la « présidente du conseil syndical » veillait au grain. Logeant au rez-de-chaussée, la petite dame déclina d'emblée son état civil et son « statut » dans cet immeuble dans lequel elle avait emménagé avec son mari en 1968. Adeline Delcourt connaissait tout le monde ici et tout le monde la connaissait. Au moindre bruit de pas dans les escaliers, elle regardait par le judas et, le cas échéant, interpellait l'un ou l'autre des occupants pour une histoire de bruit dans une colonne d'eau descendante, de porte d'entrée qui fermait mal, de retard dans le paiement des charges… Mme Delcourt était un indic inespéré, ravie de surcroît de trouver une oreille attentive au flot d'informations qu'elle avait recueillies jour après jour et qui agrémentaient son quotidien de retraitée.

– Oui, je connais Hélène Messan, bien sûr. Elle a emménagé il y a six mois environ, elle habite le troisième gauche. Pourquoi me demandez-vous ça ?

– Elle a été assassinée il y a quelques jours, répondit Blanchard sans prendre de gants.

La lieutenante observa la réaction de la dame, qui se contenta d'ouvrir la bouche d'où sortit un « Oh ! » à peine audible.

Elle poursuivit :

– Désolée de vous l'annoncer aussi brutalement, mais nous sommes à la recherche du moindre indice qui pourrait nous mettre sur une piste. Comment la décririez-vous ? Lui connaissiez-vous des problèmes ?

– Elle était locataire, je n'avais pas vraiment de contacts avec elle, j'en ai plus avec les propriétaires. Mais elle m'a toujours paru très gentille, très aimable. Je sais que les fins de mois étaient parfois difficiles ; son propriétaire, M. Dasilva, en avait parlé un jour en assemblée générale. Mais rien d'insurmontable.

– Nous allons le contacter, au cas où. Savez-vous si elle avait des liens particuliers avec l'un des occupants de l'immeuble ?

– Non, pas à ma connaissance. Peut-être avec ses voisins de palier, un jeune couple qui vit là depuis deux ans.

– Dernière question : saviez-vous qu'elle était atteinte de leucémie ?

– Ah non, vous me l'apprenez ! s'exclama Adeline Delcourt, surprise que cette information majeure ait pu lui échapper.

Après avoir difficilement pris congé de leur première interlocutrice et avoir toqué à toutes les portes, sans rien apprendre de bien nouveau, les deux agentes de police prirent part à la perquisition puis rentrèrent au commissariat. Cette

Hélène Messan semblait sans histoires, discrète, presque transparente. Une jeune femme éthérée, à la vie un peu monotone outre cette maladie, l'événement « extraordinaire » de son existence. Pas beaucoup de visites, aux dires des voisins. Pas de petit copain identifié. Pas étonnant, en tout cas, que personne n'ait signalé sa disparition.

De retour au poste, les Juju firent part de leur maigre butin à l'équipe, d'autant que la fouille de son appartement n'avait rien révélé. Pas plus de grain à moudre du côté des réseaux sociaux : Hélène Messan y publiait certaines de ses réalisations de graphiste et quelques photos prises à Paris avec des amis. Contactés, ces derniers avaient manifesté du chagrin, sans grandes effusions. Mais aucune piste intéressante à creuser de ce côté-là non plus. Interroger le propriétaire de son appartement s'avéra également une perte de temps.

Sterling, lui, venait de passer un mauvais moment à l'Institut médico-légal. Il y avait accueilli les parents de la victime, qui avaient formellement identifié leur fille. De cette épreuve, il ne ressortait jamais indemne. On peut renoncer à aimer, pas à ressentir. Les émotions parvenaient toujours à se frayer un chemin. Même blindé, Sterling était faillible. Si la tête restait froide, les jambes qui flagellaient et la goutte de sueur qui perlait de son front le trahissaient. La raison vaincue par le corps.

Le débriefing du soir se révéla bien moins enjoué que celui du matin. Les noyés de la Seine ne semblaient liés que par leur destin tragique et le dossier médical n'avait ouvert aucune autre piste. Seule avancée notable : l'identification de la scène de crime primaire. Le labo avait confirmé que le sang retrouvé sous le pont était bien celui de la victime. Les plongeurs devaient entrer en action le lendemain, mais, Sterling en avait la conviction, ça ne donnerait rien. Trop de courant et de temps écoulés depuis le meurtre. Il se sentit tout à coup étriqué dans cette enquête, mal à l'aise. Le temps d'une soirée, il devait extirper de sa tête toutes les données emmagasinées. Et soudain un besoin vital d'alcool, l'échappatoire par excellence, l'expiation qui ne dit pas son nom.

*

Assis sur un tabouret au bar de son troquet favori, Sterling était perdu dans ses pensées.

Sirotant son quatrième whisky, il ne raisonnait plus vraiment, passant d'une vague idée à une idée vague. La tête baissée, il errait dans des contrées connues de lui seul quand quelque chose vint le tirer de sa rêverie. Presque rien, une présence, un parfum. Il leva la tête et aperçut une femme assise au bar, comme lui. Seule, elle buvait un verre de vin blanc. Brune, aux yeux noirs, le teint mat, pas vraiment belle mais sexy. Les ondes envoyées par son corps invitaient à la rencontre. Leurs regards se croisèrent. Il se rapprocha d'elle, lui offrit un verre, qu'elle accepta volontiers en plongeant ses yeux dans les siens. Sterling, de chasseur devint chassé, et se laissa faire de bonne grâce. Le désir était palpable, immédiat ; la nuit, on s'embarrasse moins de préliminaires, on s'expose comme si l'obscurité nous protégeait, autorisant un abandon que l'on peut renier dès le lendemain matin. La nuit, on peut être soi-même sans craindre les abus de pouvoir. Le jour venu, on récupère ses billes comme si de rien n'était. Sterling aimait la nuit pour ça, pour lui donner ce qu'il ne pouvait pas prendre sans se sentir traqué.

Il laissa la femme se rapprocher encore. Elle le frôlait désormais, envoyait des signaux clairs qu'elle semblait totalement assumer. Il répondit présent. Ils parlèrent de tout et de n'importe quoi, les mots n'avaient aucune importance. Des minutes s'écoulèrent, les mains se touchèrent, puis les corps, les bouches se collèrent et les langues s'enroulèrent. Sterling prit la femme par la main et l'invita chez lui dans un murmure, elle acquiesça en riant. Ils quittèrent le bar en titubant, bras dessus, bras dessous. Il n'y avait que trois cents mètres entre le café et le domicile de Sterling, ils mirent quinze minutes pour les parcourir, s'arrêtant régulièrement pour s'embrasser, se familiariser avec le corps de l'autre. Arrivés chez lui, la porte à peine refermée, ils se déshabillèrent mutuellement tout en se dirigeant vers la chambre. Une fois sur le lit, nus, il découvrit ses formes généreuses. Des seins forts, légèrement tombants, la trace du maillot de bain, des fesses charnues, une peau douce.

Il commença à lui faire l'amour avec ses doigts et sa bouche. Elle l'encourageait, le devançait, puis l'encourageait encore. Il prit le rythme et elle se mit au diapason. Parfois, elle le guidait et il obéissait. Elle connaissait son corps, ses gestes étaient sûrs et précis. Et cette assurance lui plut, il se laissa aller, lui montra la voie à son tour. Rien ne la choquait, rien ne l'arrêtait. Elle aimait ça et il aimait ça avec elle, surpris par cette harmonie inattendue, par cette liberté qu'elle s'accordait et dont il profitait pleinement.

Bientôt, toutes les parties de leurs corps furent marquées par l'empreinte de leurs mains, de leurs lèvres, de leurs sexes. Leur jouissance, à l'unisson, n'en fut que plus forte. Ils s'endormirent enlacés, repus. Au petit matin, quand il se réveilla, elle était partie. Pas de petit mot sur la table. Pas de numéro à rappeler. Sterling se leva et sourit face au miroir de sa salle de bains, parcouru par un frisson en sentant sur sa peau le souvenir des caresses d'une femme.

# 7

*Le plus lâche des assassins,*
*c'est celui qui a des remords.*

Jean-Paul Sartre

J'erre dans les rues de Paris à la nuit tombante. Il fait encore chaud. La moiteur estivale atténue le stress de la ville. Les Parisiens, même pressés, marquent le pas. Ils me donnent l'impression d'avancer au ralenti. Chaque geste est calculé, retenu, l'énergie rationnée. La mienne, en revanche, est intacte. Jauge remplie. Jusqu'à l'écœurement. Pour la vider, une seule solution : une femme va mourir ce soir. Pourquoi une femme ? Lâcheté, processus psychologique, haine de l'autre sexe ? La réponse m'importe peu. Seuls les faits comptent.

Je passe d'un trottoir à l'autre, de rue en rue, à l'affût. Comme sur les berges, je ne choisirai pas ma proie ; c'est elle qui s'imposera à moi. Je n'attends pas longtemps avant de la croiser. Elle sort d'un café, un sac sur l'épaule et une sacoche à la main. Son pas est saccadé, il tranche avec celui de la foule environnante ; c'est ça qui a attiré mon regard. Je l'observe avant de la suivre. Elle est blonde, les cheveux au carré, petite et mince ; son jean et son tee-shirt noir soulignent joliment sa silhouette élancée. Les mouvements de son corps dégagent un dynamisme qui ne semble contraint par rien : cette fille ne doit jamais porter de talons ou de jupes qui retiendraient sa course vers son objectif. Car objectif il y a, je le sens et je l'envie. La jalousie m'envahit d'un coup, sensation à la limite du supportable, adoucie par la conscience de ma toute-puissance : le coup d'arrêt, c'est moi qui vais le donner. Plus d'objectif, plus de course. Ceci est ma volonté.

À mieux l'observer, je perçois une faille, un doute, une empreinte de fragilité qu'elle tente désespérément de cacher. De quoi renforcer ma détermination. Je la piste, tel un chasseur, guettant le moment opportun. Je marche à bonne distance, les mains dans les poches, la tête légèrement penchée vers l'avant pour ne croiser le regard de personne. Elle avance, perdue dans ses pensées. Elle n'est pas connectée à ce qui l'entoure, ses antennes sont en berne, impuissantes à sentir le danger.

Elle tourne à droite dans une petite rue sombre. Pas de bar, juste des immeubles en enfilade. Personne à l'horizon. L'endroit idéal. Je m'approche, sans bruit. J'ai le sentiment d'être dissocié du sol, de planer. Quand elle sent une présence près d'elle, il est trop tard. Je l'attrape par-derrière et mets ma main gantée sur sa bouche ; je la coince sous une porte cochère et la maintiens immobile grâce au poids de mon corps collé au sien. Je sors mon arme et la poignarde de quatre coups secs tout en récitant ma prière. Au nom du Père, et du Fils, et du Saint-Esprit. Amen. Une prière devenue une condamnation à mort. Un accompagnement spirituel qui rythme le mouvement de ma main. Le symbole d'une croyance en un être supérieur, celui que j'ambitionne de devenir. Elle s'affaisse doucement ; j'accompagne le mouvement jusqu'à la position finale du corps.

Je regarde à gauche, puis à droite, toujours personne. La chance semble couvrir mes crimes. Je mets le couteau – pas question cette fois-ci de m'en débarrasser – dans la poche de ma veste, suffisamment grande pour recouvrir ma manche tachée de sang. Je m'écarte de la scène en contemplant mon œuvre une dernière fois : elle est de dos, accroupie, les bras ballants. Son sac et sa sacoche sont au milieu de la rue, je donne un coup de pied dedans et poursuis ma route. Je ne cours pas. Je suis serein. Un sentiment d'invulnérabilité me traverse à nouveau. Il est même décuplé. Je marche en chantonnant pour mieux savourer. Tuer est une drogue. L'addiction me guette. Comme un héroïnomane qui vient de s'injecter sa poudre, je sens la dope parcourir mes veines. J'ai envie de crier au monde entier que j'ai pris une vie. Le cri n'est pas poussé, mais tout mon être vibre de son écho.

Arrivé chez moi, je m'assieds sur mon canapé, une bière à la main, sans avoir pris le temps d'enlever ma veste – envie de garder sur moi la preuve de mon méfait avant de la placer à côté de la chemise qui a été souillée lors de mon premier meurtre. Les taches laissées sur chacun des vêtements, ce sont mes trophées, l'histoire particulière qui me lie à elles.

J'insère le CD du *Requiem* de Mozart dans la chaîne hi-fi. La musique est un élément indispensable à ce moment de félicité. Le son me pénètre, accélère mon rythme cardiaque déjà soutenu. Les yeux fermés, je revis la scène. Et de deux. Elles pourront se tenir compagnie dans ma tête. Une blonde timide, une blonde volontaire. Le début d'un palmarès qui ne sera jamais salué, récompensé ou applaudi. Peu importe. Quand je me regarde dans la glace, ce n'est plus le même homme que je vois. De petit me voilà devenu grand, imposant, irrésistible. Un criminel assumé que rien n'arrêtera.

# 8

*Paris sera toujours Paris.*
*Qu'est-ce que tu veux qu'il fasse d'autre ?*
Frédéric Dard

Quand Sterling fut réveillé par un coup de fil en pleine nuit, quarante-huit heures s'étaient écoulées depuis sa rencontre avec la femme du bar. Il s'était à nouveau endormi en pensant à elle, tout à la fois soulagé de ne pas avoir à s'interroger sur l'opportunité de la rappeler et regrettant de ne même pas pouvoir se poser la question. Il avait rejoint les bras de Morphée, repu et frustré à la fois. Sterling était un oxymore vivant. De quoi alourdir un sommeil déjà plombé par mille et une pensées plus ou moins réjouissantes que ses soirées en solitaire ne faisaient qu'assombrir davantage.

Et puis, l'enquête sur la mort d'Hélène Messan patinait. Rien de plus fatigant que la sensation de faire du surplace : de l'énergie gâchée. Pour rien. Même en ratissant un large périmètre pour tenir compte du courant, les plongeurs étaient remontés bredouilles de la Seine, trop de vase, de déchets polluant autant le fleuve que la recherche d'indices tels que l'arme du crime. Seul nouvel élément : sur la paroi du quai, le genou écorché de la victime avait en effet laissé une trace. Le tueur, lui, n'en avait laissé aucune. Un professionnel ? Un monstre, qui tue de sang-froid ? Mais pourquoi ? La question clignotait dans le cerveau de Sterling, sans aucun début de réponse pour lui tenir compagnie. Retour à la case départ. Pour un joueur, rien de plus frustrant.

Le coup de fil du commissariat relança les dés de façon inattendue. Un policier l'informa que le corps d'une femme avait été retrouvé dans une rue du 5e arrondissement. « Les gars de la BAC étaient les premiers sur les lieux. Selon les premières constatations, elle a été poignardée », avait-il précisé.

Sterling fut le plus rapide de la brigade à arriver sur place ; il rassembla les informations et répartit le travail. Il briefa le juge Lagrange et Jojo dès leur arrivée :

– Voici le topo. Notre victime s'appelle Lou Cohen. On a retrouvé son sac, ainsi qu'une sacoche comprenant un ordinateur et quelques papiers. 35 ans, journaliste – il y avait une carte de presse dans son portefeuille –, elle habitait à une rue d'ici. C'est un locataire qui a découvert le corps en sortant de chez lui dans l'angle de la porte cochère. Dans la pénombre, il a cru qu'elle était endormie. Il s'est dit : Encore une poivrote qui n'a pas retrouvé le chemin jusqu'à son lit, et il a touché son épaule. C'est là qu'il a découvert les taches de sang sur sa poitrine, le noir de son tee-shirt ne permettait pas de les voir de loin. Il nous a prévenus aussitôt. Une équipe a commencé à interroger le voisinage. Seule certitude à ce stade : elle a été poignardée. On n'a pas retrouvé l'arme du crime à proximité, mais ça pourrait bien être un couteau de cuisine.

– Un couteau de cuisine ! Ça rassemble à l'arme utilisée pour tuer Hélène Messan. Même mode opératoire… et à première vue deux femmes qui se ressemblent, dit le lieutenant.

– On en arrive à la même conclusion, Jojo. Je vais soumettre l'hypothèse à Garcia. En attendant son diagnostic, on sonne le clairon, je veux tout le monde sur le pont dans les plus brefs délais. Une journaliste assassinée, la presse va s'en emparer. Il va falloir lui donner du grain à moudre. Demande à la scientifique d'analyser le contenu de son téléphone et de son ordinateur au plus vite. Et je veux des hommes dès que possible dans son appartement. Je rentre au poste. Préviens-moi quand le corps sera à l'IML. Je te charge de prévenir la famille, qu'elle vienne l'identifier. Au passage, pose-leur quelques questions sur la victime, son entourage, ses amours, ses hobbies… la routine, quoi !

Jojo acquiesça et tourna les talons. Sterling resta un moment à regarder s'affairer les policiers autour de lui. Tel un ballet soigneusement orchestré, chacun savait ce qu'il avait à faire ; le capitaine fut tout à coup envahi par un sentiment de fierté. Il y avait du dévouement chez ces hommes et ces femmes, et la certitude qu'ils œuvraient pour le bien de la population : l'humanité avait engendré des génies et des monstres ; mettre les monstres hors d'état de nuire permettait à l'honnête citoyen de profiter en paix des génies.

Sterling remonta sur son scooter et roula. Vite. Les rues étaient vides, Paris dormait. La nuit, la Ville lumière était encore plus belle. Sterling était un gars du Nord, marié à sa région d'origine, qu'il trompait honteusement avec la capitale. Paris, c'était sa maîtresse, sa danseuse. Arrivé place Denfert-Rochereau, il salua la statue du lion. Un rituel en guise d'hommage à Gavroche, l'un des héros de son enfance. Au dix-neuvième siècle, le lion était un éléphant ; le personnage de Victor Hugo avait élu domicile dans ses entrailles de fer.

– Il est tombé par terre, c'est la faute à Voltaire ; le nez dans le ruisseau, c'est la faute à Rousseau… entonna le flic.

Arrivé au 3e DPJ, le capitaine était gonflé à bloc. Paris avait ce don : lui rappeler qui il était.

*

Quelques heures plus tard, Sterling était assis à son bureau, le cerveau en ébullition. La réunion du matin avec son équipe et son supérieur avait été tendue : même si l'arme du crime était similaire – la médecin légiste l'avait confirmé lors de l'autopsie –, même si le geste du tueur avait été aussi précis que dans le premier cas et qu'il avait poignardé les corps à quatre reprises à des endroits similaires, même si les deux jeunes femmes présentaient des caractéristiques physiques identiques, lier les deux meurtres était encore de l'ordre de l'hypothèse, voire de l'instinct ; suivre cette piste pouvait mener à une impasse et faire perdre un temps précieux. Sterling en avait conscience. Si connexion il y avait, il devait en faire la preuve rapidement mais comment ? Pour corser le tout, aucune empreinte n'avait été retrouvée sur le corps et les vêtements de Lou Cohen. « Le meurtrier doit porter des gants », avait commenté Garcia. Rien non plus sur la scène de crime. *Les Experts* nous ont fait beaucoup de mal, se dit Sterling en son for intérieur. De quoi stimuler son goût pour les défis. Le capitaine n'était jamais aussi bon que lorsque la pression était au maximum. Des stimuli que son cerveau lui réclamait et qu'il était heureux de lui donner, comme une récompense pour ses bons et loyaux services. Au moins, il avait facilement obtenu du proc que ce soit le même juge d'instruction qui se charge des deux affaires.

Alors qu'il était perdu dans ses pensées, un petit bruit sur la vitre de son bureau le fit sursauter. Un policier du Service de l'informatique et des traces technologiques répondant au nom de Pierre Duval attendait, la main sur la poignée. Sterling lui fit signe d'entrer.

– Bonjour, capitaine. Je viens te voir car l'analyse du téléphone et de la bécane de la victime a divulgué des informations intéressantes. Selon une source anonyme, le réseau social Linkhood, qui utilise un programme de compression de photos et de vidéos révolutionnaire lui permettant de stocker bien plus de données que ses concurrents, a volé le brevet à une start-up française, Stockmotion. J'ai retrouvé l'info dans ses mails. Elle enquêtait sur l'affaire depuis un mois déjà, non sans subir de fortes pressions. J'ai fait une petite recherche : Yves Martin, le PDG de Linkhood, a le bras long. Il est bien vu en haut lieu. Ça explique peut-être les messages de menace qu'on a découverts sur l'ordinateur de Lou Cohen : on lui demande plus ou moins gentiment de mettre fin à ses recherches, sous peine de représailles. J'ai essayé de remonter la piste, mais ces gars-là sont malins, impossible de retrouver l'expéditeur ou l'adresse IP de l'ordinateur d'où les mails sont partis. Idem pour les messages dénonçant le vol. L'article était presque prêt ; il devait paraître ces jours-ci dans *La République*.

Une fois seul, le capitaine griffonna quelques mots sur son carnet et convoqua à nouveau son équipe, les informant que tout le monde était réquisitionné pour effectuer une perquisition chez Yves Martin. De quoi permettre d'analyser la situation financière de Linkhood et de son patron, ses contacts via les interceptions téléphoniques de son portable professionnel depuis trois mois – ce qui correspondait au début des menaces –, de saisir son ordinateur, son agenda papier s'il en avait un... et de le recouper avec celui de Lou Cohen, retrouvé dans son portable. Justine était chargée de trouver un lien entre les deux femmes assassinées ; Juliette et Jojo devaient se rendre en commando à *La République* et chez Stockmotion ; et enfin Thomas était désigné « enquêteur on line » – il était le seul à peu près compétent dans ce domaine. Ils s'apprêtaient à partir quand le commissaire les intercepta dans le couloir :

– Pas si vite, capitaine. Je viens d'avoir le ministère au téléphone. Ils sont harcelés de coups de fil sur la mort de la journaliste. Comme on pouvait s'en douter, la nouvelle s'est répandue à la vitesse de la lumière. Il va falloir organiser une conférence de presse fissa. Histoire de calmer tout ce petit monde et de rassurer l'honnête citoyen : on a une piste, on travaille, on a la situation sous contrôle, etc. Vous passez bien à la télé, capitaine, je vous envoie en première ligne sur ce coup-là.

Sterling eut à peine le temps de rétorquer que son supérieur avait disparu. Son téléphone se mit à vibrer.

# 9

*Les cons, ça ose tout.*
*C'est même à ça qu'on les reconnaît.*
Michel Audiard

Face aux locaux du 3e DPJ, Sterling avait pris place devant une dizaine de micros aux bonnettes colorées. Un papier à la main, il énonçait de façon monocorde les informations que le ministère de l'Intérieur l'avait autorisé à divulguer et qui se résumaient à quelques faits : Lou Cohen, une journaliste de 35 ans, avait été retrouvée morte assassinée dans une rue de Paris ; l'analyse de son ordinateur avait révélé qu'elle menait une enquête sensible. Des mails de menace lui enjoignant de cesser ses investigations avaient également été découverts ; une piste sérieuse, qui rendait les enquêteurs confiants quant au dénouement rapide de l'affaire. Fin du speech. Rien sur Hélène Messan. Et aucun détail sur le potentiel vol de brevet, encore moins sur Yves Martin. Gain de temps précaire, car il y avait fort à parier que *La République* allait s'empresser de publier l'article de la journaliste en titrant sur son assassinat.

Après avoir ostensiblement replié son papier – signe de la fin des festivités –, Sterling s'apprêtait à tourner les talons, mais de nombreuses mains levées devant lui l'empêchèrent de disparaître aussi vite qu'il l'aurait souhaité. L'exercice lui était fort désagréable. Un flic devait être le plus discret possible, se fondre dans la masse, au plus près du sol et de la crasse qui le recouvre. Si Sterling était un animal, il serait un rat – et le chat Hans était le seul être vivant à le savoir.

Devant la troupe de journalistes qui l'entourait, le rat se sentait traqué mais se devait de faire bonne figure. Sterling désigna au hasard l'un des doigts levés ; une jeune journaliste de BFM TV prit la parole :

– Sur quoi enquêtait-elle ?

– Pour le bon déroulé de nos investigations, nous ne pouvons divulguer cette information, répondit le capitaine avant de désigner de la tête un autre doigt levé.

Un jeune homme barbu, cahier et stylo à la main, insista :

– Vous avez dit que l'enquête était sensible, doit-on comprendre qu'elle implique des personnes haut placées ?

– Pour le bon déroulé de nos investigations, nous ne pouvons divulguer cette information, répéta Sterling, de plus en plus sur la défensive.

Le capitaine bouillait intérieurement de devoir appliquer les consignes de sa hiérarchie, que de surcroît il assumait seul face à des morfals de l'information, frustrés de ne rien avoir à se mettre sous la dent. La troupe allait se faire meute d'un instant à l'autre, Sterling devait trouver le moyen de couper court pour se protéger au plus vite. Quelques secondes de silence et sa crainte se vérifia : devant lui, d'autres journalistes commencèrent à poser des questions. Sterling profita du brouhaha général pour conclure d'une voix forte :

– Désolé de ne pas pouvoir en dire davantage, nous vous tiendrons informés des progrès de l'enquête le plus vite possible. D'ici là, veuillez m'excuser, mais mon équipe et moi-même avons du pain sur la planche.

La dernière phrase à peine prononcée, Sterling tourna le dos aux micros et s'engouffra dans le commissariat, soulagé.

– Bravo, capitaine, vous vous en êtes bien sorti, le félicita son supérieur, qui l'attendait dans son bureau.

– La prochaine fois, je vous laisserai faire, commissaire. Pas de raison que je sois seul sous les spotlights. Faut la jouer collectif, hein, boss ?

– Sterling, les ordres venaient d'en haut. Pas moyen d'y couper. Et vous avez très bien joué le coup. Maintenant, concentrez-vous sur l'enquête : le seul moyen d'avoir la paix avec ces gens-là, c'est de leur donner un gros os à ronger. Trouvez-moi l'os et jetez-le aux chiens.

*

Quelques minutes plus tard, la garde rapprochée de Sterling était réunie autour de lui, à laquelle s'ajoutèrent divers officiers sollicités pour l'occasion.

– Nous voilà en ordre de marche, affirma le capitaine avec un air réjoui. Pas une minute à perdre. À partir de maintenant, Martin devra rendre compte du moindre de ses mouvements. Il pète, je veux le savoir. Il se gratte les couilles, je veux le savoir aussi.

– Capitaine, pas la peine d'être grossier, réagit Roussof. L'important, c'est de rester dans les clous : une sortie de route et c'est la fin de la procédure.

– Je crois que nous en sommes tous conscients, commissaire. Sur ce, on se dispatche dans les voitures et… on fonce. Je me fais fort d'expliquer à ce monsieur les réjouissances que nous avons inscrites à son agenda surchargé aujourd'hui. En un mot comme en cent : j'vais lui montrer qui c'est, Raoul !

Il n'avait pas fallu plus d'une demi-heure à la brigade pour investir les locaux de Linkhood. Tout ici respirait le tape-à-l'œil : le canapé en cuir luisant, les tableaux qui avaient dû coûter une petite fortune, les plantes vertes dont on prenait grand soin, la moquette triple épaisseur… Chaque élément du décor renvoyait l'image de la réussite. Du chic qui sonne faux, se disait Sterling. Martin, à qui le capitaine avait signifié le début de sa garde à vue dans le cadre de l'enquête sur le meurtre de Lou Cohen, était debout dans un coin de son bureau. Il assistait au spectacle, un rictus de mépris déformant ses lèvres. Sterling le regardait à peine, n'essayant même pas de dissimuler son enthousiasme à exécuter cette perquisition.

– Capitaine Sterling, vous avez conscience que tout cela aura des conséquences. À l'instant même, des ministres sont mis au courant de vos procédés.

– Qu'ils le soient, monsieur Martin, que voulez-vous que ça me fasse ? J'ai ici un papier délivré par une instance judiciaire compétente et indépendante qui me donne toute autorité pour rechercher des preuves dans l'affaire Lou Cohen. Des preuves que les médias attendent avec une certaine impatience, avides qu'ils sont d'apprendre la vérité sur l'assassinat d'une journaliste...

– Vous perdez votre temps et vous le savez. Le pire, dans cette histoire, c'est que le meurtrier court toujours et doit se réjouir de vous voir suivre une piste qui vous mènera tout droit dans une impasse. Le temps que vous vous rendiez compte de votre erreur, il aura peut-être récidivé. J'imagine d'ici les gros titres...

– Je parierais volontiers avec vous que vous vous trompez, Martin. Mais je ne parie qu'avec les gens que j'estime.

Yves Martin avait fait prévenir son avocat, qui était déjà en chemin, et les hautes sphères politiques et économiques commençaient à se manifester. Le gong signifiant le début du combat avait retenti – un combat qui s'annonçait sanglant, Martin étant fin prêt à terrasser son adversaire.

Conduit au 3e DPJ, Yves Martin fut immédiatement installé en salle d'audition, son avocat à ses côtés. Sterling observa quelques instants l'homme d'affaires avant d'entamer l'interrogatoire : sa mèche brune plaquée contre son front, son teint hâlé, son costume en tweed de qualité supérieure.

– Monsieur Martin, Lou Cohen, jeune journaliste, a été assassinée la nuit dernière. La presse a eu vent de l'histoire – j'ai moi-même donné une conférence de presse ce matin – et l'article sur lequel elle travaillait va prochainement paraître dans un grand hebdomadaire. Or le sujet de cet article n'est autre que votre entreprise. Il relate comment les dirigeants de Linkhood ont volé le brevet d'un programme développé par la start-up Stockmotion. Une histoire de compression de photos et de vidéos…

– Ne vous lancez pas dans des considérations techniques qui vous dépassent, monsieur Sterling.

– « Capitaine Sterling », rétorqua vivement le policier, tout en s'agaçant de rentrer dans le jeu de son interlocuteur.

– Monsieur ou capitaine, peu importe. Je ne comprends rien à ce que vous me dites. Je suis à la tête d'une entreprise d'une importance stratégique majeure pour le secteur du numérique de notre pays ; ce n'est pas le ministre de l'Économie qui me démentira, nous en discutions ensemble pas plus tard qu'hier. J'ai autre chose à faire que de m'intéresser au travail d'une petite journaliste qui cherchait sans doute à booster sa carrière sur notre dos.

– Peu de temps avant sa mort, Lou Cohen avait reçu des mails de menace lui enjoignant de cesser ses investigations. À part vous, je ne vois pas bien qui aurait pu procéder à de telles pressions.

Yves Martin scruta le policier avant de répondre :

– Moi ? Enfin, capitaine, j'ai bien trop à faire avec mes homologues américains et européens que mon métier m'amène à côtoyer. Il y a peu de temps, j'ai du reste croisé votre ministre de tutelle…

– Je ne sais pas ce que vous cherchez à insinuer. Ce que je sais en revanche, c'est qu'une jeune femme a été assassinée. Et nous pensons qu'elle était en contact avec vous juste avant sa mort.

– Mais vous croyez quoi, petit fonctionnaire de merde ?! Je n'ai pas de temps à perdre avec des journalistes arrogants et paresseux ! Ils le sont tous, cette femme ne devait pas faire exception à la règle. Dans ce pays, on a le chic pour emmerder les hommes qui réussissent…

L'avocat posa la main sur le bras de son client pour lui enjoindre de se calmer.

– Vous poursuivre pour outrage me remplirait de bonheur, monsieur Martin. Maître Poinceau, tenez un peu mieux votre client.

L'avocat fit un signe de tête et chuchota quelques mots à l'oreille du chef d'entreprise.

– Monsieur Martin, je vais tenir informé le juge de notre échange. Au regard du lien évident entre vous et la victime, et de votre intérêt à la voir disparaître, je n'ai aucun doute sur la prolongation de votre garde à vue. Nous serons donc amenés à nous revoir, monsieur Martin.

– Mes minutes valent de l'or, rétorqua le chef d'entreprise. Vous n'avez pas idée de l'argent précieux que vous faites perdre à la France en me retenant ici.

Sterling ne broncha pas. En arrivant dans son bureau, il donna un coup de pied à la chaise, accompagné d'un flot d'injures à l'encontre d'Yves Martin.

Un quart d'heure après, Sterling fulminait toujours contre l'homme d'affaires. Et la colère se transforma en combat singulier. Réunie autour de lui, son équipe attendait les instructions. Sterling rendit compte de l'audition :

– Ce monsieur se croit au-dessus des lois car il connaît du beau linge. De quoi décupler ma motivation pour déceler la faille… et faille, il y a. Lou Cohen enquêtait sur lui et son entreprise. Les mails échangés prouvent que quelqu'un le savait, et ce quelqu'un, nous allons le trouver puis remonter jusqu'à la tête. Ce connard n'aura pas une seconde de répit. Fred, mets la pression sur la scientifique pour la recherche d'empreintes au domicile de la journaliste. Si l'un des sous-fifres de Martin s'est rendu chez elle, nous le saurons. Je veux que l'étau se resserre sur ce fils de pute. J'en fais une affaire personnelle, même si ça me vaut des emmerdes à vie…

Interrompu dans sa logorrhée par la sonnerie de son téléphone, Sterling décrocha, en faisant une grimace dont il avait le secret.

– Oui, commissaire, je vous écoute.

À l'autre bout du fil, Roussof entama un monologue, à peine ponctué de « hum… », « oui, mais… », « je… » émanant de la bouche de Sterling. Mais aucun de ces mots ne se transforma en phrase. Au bout de deux minutes, le capitaine raccrocha.

– C'est confirmé, les emmerdes commencent. L'avocat a appelé un de ses contacts au ministère, qui s'est empressé de téléphoner à Roussof. Ça me donne envie de vomir. Mais il m'en faut plus pour m'arrêter : si je devais me faire porter pâle à chaque indigestion de lâcheté et de servilité, je ne sortirais pas de chez moi. Alors au boulot, et plus vite que ça ! cria Sterling à ses troupes.

Une partie de l'équipe avait été dédiée à l'analyse des données saisies lors de la perquisition. Une autre avait eu l'ordre de poursuivre les investigations. Sterling décida de faire un point sur cet aspect-là de l'enquête.

– Justine, un lien entre les deux femmes est-il possible ? Juliette et Jojo, qu'a donné votre visite à *La République* et à Stockmotion ? Thomas, Internet a-t-il craché un morceau digne d'intérêt ?

– Toujours pas de rapport entre Messan et Cohen. Mais je continue de chercher, répondit Justine, légèrement penaude.

Juliette prit alors la parole :

– Julien Dole, le fondateur de Stockmotion, reconnaît les forts soupçons de vol, mais impossible de prouver quoi que ce soit. Il a admis rapidement que c'était lui qui avait alerté Lou Cohen de façon anonyme. Sinon, le rédacteur en chef de *La République* nous a appris que l'article sera publié demain, avec l'assassinat de la journaliste en gros titre. C'est elle qui les avait contactés et, au vu des informations récoltées, la rédaction a jugé que l'article était suffisamment solide pour être publié. Pour le reste, le rédac-chef savait qu'elle avait reçu des menaces, ce qui l'avait motivée encore plus. Il l'avait mise en garde, mais elle était du genre tête brûlée.

– Bon, on verra ce que la publication va déclencher du côté de Linkhood, dit le capitaine. Une procédure, ça c'est sûr. Mais peut-être vont-ils paniquer et commettre une erreur. C'est le moment de ne pas les lâcher d'une semelle. Et de ton côté, Thomas, quoi de neuf sur la Toile ?

– Le Net fourmille de commentaires divers sur le meurtre de Lou Cohen, la société Linkhood, son PDG… Ça s'étripe gentiment entre défenseurs de la liberté de la presse et hérauts du libéralisme, pour qui les médias empêcheraient de prospérer en rond. Rien de bien intéressant pour l'instant, mais moi aussi je continue de chercher, d'autant plus qu'après la publication de l'article la Toile va s'enflammer…

– Que les choses soient claires : je veux tout le monde sur le pont vingt-quatre heures sur vingt-quatre. On va régler ces deux affaires et montrer aux récalcitrants de tous poils qu'on ne se moque pas impunément de la police française !

Dès la fin du débriefing, l'équipe se mit en ordre de marche, endossant la cause du patron, comme si l'affront subi avait été collectif. Offenser Sterling, c'était toucher à la fierté de tous. Même Thomas en faisait une affaire personnelle, découvrant pour la première fois ce qu'« engagement total » voulait dire.

# 10

*Chacun de nous est une lune,*
*avec une face cachée*
*que personne ne voit.*
Mark Twain

Quelques heures plus tard, Sterling était accoudé au comptoir de son troquet préféré en compagnie de Bernie. Il l'avait appelé, ressentant le besoin de partager avec lui les éléments de l'enquête, comme il avait l'habitude de le faire avant que l'âge et son corollaire, la retraite, ne sonnent le tocsin.

– Alors, la quille, ça se passe comment ?

– Bien et moins bien. Ça laisse du temps, mais du temps pour quoi, telle est la question. Heureusement qu'il y a la famille, répondit l'ex-policier en tapant sur l'épaule de Sterling.

Le capitaine lui sourit d'un air triste.

– Mais assez parlé de moi. Je sens que tu as des choses à me dire.

Sterling ne se fit pas prier et relata toute l'histoire, de la découverte du corps d'Hélène Messan à l'audition d'Yves Martin, sans omettre la pression hiérarchique. Bernie se contentait de hocher la tête, signe qu'il écoutait attentivement et qu'il enregistrait les données dans son cerveau bien ordonné, à peine encombré par le nom du cheval qu'il comptait jouer placé, le samedi suivant à Vincennes. Bernie mettait un point d'honneur à répondre présent dès que Sterling lui demandait de l'aide. Ce qui était vrai lorsqu'il était en activité l'était toujours aujourd'hui. Avec un petit truc en plus : le sentiment d'être utile et la réassurance quant à sa capacité à raisonner, déduire, hiérarchiser les informations étaient pour lui comme un bain de jouvence.

– Voilà, tu sais tout, Bernie. Je crois n'avoir oublié aucun détail important. Ta première impression ?

– Je ne sais pas trop, fiston. Sans vouloir te contredire, je dirais que les deux affaires ne sont pas liées. L'hypothèse me paraît vraiment « capillotractée » ! s'esclaffa Bernie, l'œil coquin. À voir ta tête, tu ne connais pas l'expression. C'est mon petit-fils qui me l'a apprise ; je la trouve pratique. Surtout dans notre métier : on peut dire qu'on en voit, des choses « capillotractées » ! Parfois, elles contiennent une part de vérité. Parfois non.

– Sauf que le mode opératoire est similaire, l'arme du crime identique... Ça pourrait être le même assassin missionné pour tuer...

– Il te manque l'essentiel : le mobile. Si Martin est le lien – et j'ai bien compris que tu rêverais que ce soit le cas –, qu'est-ce que cette pauvre Hélène vient foutre là-dedans ? Peut-être que je me trompe, mais à ta place je ne perdrais pas mon temps à trouver la connexion. Mène les deux enquêtes en parallèle, et si elles ont un rapport entre elles, tu finiras par tomber dessus. Mon petit-fils m'a dit l'autre jour : « En géométrie projective, deux droites parallèles se coupent toujours, éventuellement à l'infini. » Ne désespère pas, fiston, et c'est un vieux briscard qui te le dit.

– Tu as sans doute raison, Bernie. Ma colère contre ce Martin m'aveugle. Si je pouvais lui mettre deux crimes sur le dos plutôt qu'un, ça me comblerait de joie…

– Tu sais tout comme moi que la colère, c'est pas notre meilleure copine. Elle occulte la réalité et finit par la déformer. Dans toute enquête, la clé, c'est le temps. On l'a rarement, c'est toute la difficulté de notre métier. D'autant que les pressions que tu subis ne font que commencer. *La République* va publier le papier, les rats vont sortir des égouts. Ça te permettra de les voir de plus près. Crois-en ma vieille expérience, fils : le temps, c'est pas le tic-tac de la petite et de la grosse aiguille qui tournent sans s'arrêter ; le temps, c'est celui que tu te donnes, du qualitatif, pas du quantitatif. En attendant, j'ai le gosier sec. Patron, c'est ma tournée.

– Santé, Bernie. Et merci d'exister…

– Et réciproquement, David. Tu sais que je suis là. Appelle quand tu veux, j'aime pas trop te savoir seul chez toi à broyer du noir.

– Je broie du noir parce qu'on ne m'a pas appris à broyer autre chose, Bernie. Mais tu as raison, je vais essayer avec le rose, voir ce que ça donne.

Bernie sourit. Mais rapidement le rictus s'effaça et, l'air grave, il dit :

– Méfie-toi de ce type d'affaires, David. Plus tu vas t'impliquer, plus elle va contaminer ton cerveau, tes tripes et j'en passe. Alors, garde tes distances…

– Tu sais aussi bien que moi que c'est impossible. Je ne résoudrai cette enquête qu'en plongeant la tête dedans sans retenue. Quitte à en payer le prix.

– Sais-tu au moins de quoi tu parles ? Des années plus tard, il m'arrive encore de rêver des victimes de Keller. Je les vois à moitié nues sur un matelas pourri dans une cave sombre et m'appelant à l'aide. Et je ne peux rien faire. Je suis comme tétanisé.

– Arrête de te flageller avec cette histoire, Bernie. Le violeur, c'est lui. Toi, t'as fait le job. Roussof l'a bien rappelé. Et on en est tous convaincus, à la brigade.

– Je le sais, David. Mais ce dont je te cause, c'est d'impuissance. Chez nous, les mecs, ça peut vite tourner à l'obsession, ce genre de choses, si tu vois ce que je veux dire.

– Je vois bien, très bien même. Sauf qu'en l'occurrence on a mis Simon Keller hors d'état de nuire. Qui l'a arrêté ? On s'en tamponne le coquillard. L'important, c'est le résultat. Alors, au lieu de sombrer dans le pathos, je te propose de trinquer aux affaires résolues... Quitte à y mettre la dose pour anesthésier les mauvaises pensées et les cauchemars à venir.

Le vieux flic acquiesça et les tournées s'enchaînèrent. D'abord morose, l'atmosphère se fit plus légère. Et quelques heures plus tard, Sterling et Bernie sortirent fin soûls du café. Après le noir et le rose, la seule couleur qui prédominait, à ce moment-là de la nuit, était le jaune luisant de la lune. Et c'est la tête dans les étoiles que les deux hommes rejoignirent leurs pénates respectifs.

# 11

*Si quelqu'un t'a fait du mal,*
*ne cherche pas à te venger.*
*Va t'asseoir au bord de la rivière*
*et bientôt tu verras passer son cadavre.*

Proverbe chinois

Sterling, au comble de l'énervement, buvait café sur café. Lui qui avait arrêté de fumer depuis cinq ans s'était même acheté une cigarette électronique pour l'occasion ; il la suçotait telle une tétine.

Deux jours après avoir épluché la plupart des documents saisis, l'ambiance était plutôt maussade au sein de la brigade. Martin avait bien mené sa barque. Pas le moindre lien avec Lou Cohen. Pas la moindre effraction constatée, pas même une amende impayée à lui imputer ; l'homme d'affaires n'avait pas de casseroles aux fesses, ou alors elles n'émettaient aucun son.

Plus les minutes et les heures s'écoulaient, plus la porte de sortie se rapprochait pour

Martin. La garde à vue avait du reste été levée sans attendre les quarante-huit heures afin de se laisser la possibilité de réentendre le chef d'entreprise au cas où de nouveaux éléments se feraient jour. Pour une fois, on n'avait pas lésiné sur les moyens : nombreux étaient les agents à travailler sur l'affaire, à chercher qui un lien avec la journaliste, qui la preuve du vol de brevet, qui encore une quelconque évasion fiscale.

Mais l'agacement de Sterling et la pression qu'il mettait sur son équipe n'y changeaient rien : Martin semblait blanc comme neige. Pour la énième fois, Sterling se passait et repassait en revue le déroulé des opérations, à la recherche d'une faille dans la forteresse de l'homme d'affaires, quand il entendit la voix railleuse du commissaire dans son dos :

– Vous devez vous rendre à l'évidence, capitaine, Martin n'a commis aucun délit, à part celui de réussir et d'en être un peu trop fier. Remballez votre orgueil et allez vous coucher.

– Et pourtant…

– Et pourtant, elle tourne, vous allez me dire ! Peut-être que vous avez raison, mais sans preuve c'est comme si vous aviez tort. Il ne vous reste plus qu'à vous excuser auprès de Martin et à prier sainte Rita que ses amis haut placés ne nous cherchent pas trop de poux dans la tête.

– Oui, commissaire, répondit Sterling, fatigué de toute cette énergie déployée pour rien.

Même plus le courage d'envoyer une pique à Roussof.

Resté seul dans son bureau, il se replongea dans les documents saisis. Soudain, une ligne lui sauta aux yeux : régulièrement, Linkhood s'acquittait d'une facture d'environ 250 000 euros, émise par une société sise à Casablanca, au Maroc. Rien d'illégal au demeurant, car ladite société était présentée comme un prestataire de service informatique. Sans attendre, n'écoutant que son instinct, Sterling prit son téléphone pour demander au juge une commission rogatoire internationale et entreprendre auprès des autorités compétentes à Rabat les démarches qui lui permettraient, bien que français, d'avoir les coudées franches une fois sur place. La paperasse devrait atterrir sur son bureau dans les trois jours.

Sterling convoqua à nouveau son équipe pour l'informer de son prochain voyage à Casablanca, sans s'appesantir sur le sujet, étant donné le peu d'éléments en sa possession. Le commissaire, avec qui Sterling venait de s'entretenir en tête à tête, était là aussi. Le matin même, l'article de Lou Cohen était paru dans *La République*. Il correspondait en tout point à la version trouvée dans l'ordinateur de la journaliste.

– Thomas, Internet a-t-il livré son verdict ? interrogea le capitaine.

– Internet se déchaîne, c'était prévisible. Ça rend les investigations plus compliquées, d'autant plus qu'on ne sait pas bien ce qu'on cherche.

– Et pourtant, va falloir trouver : qui se déchaîne plus que les autres ? Qui tente de noyer le poisson ? Juliette, passe un coup de fil au rédacteur en chef de *La République* pour savoir s'ils ont eu des nouvelles de Linkhood. Je mettrais ma main à couper qu'ils vont intenter un procès pour diffamation. Justine, Jojo, je vous laisse tout reprendre depuis le début, quelque chose nous a peut-être échappé. Quant à moi, je vais prendre un peu de recul ; je pars trois jours dans le Nord rendre visite à ma famille. Je n'arrête pas de travailler pour autant, mon cerveau a juste besoin de changer d'air. Et puis, chacun sait ce qu'il a à faire ; si besoin, je suis bien entendu joignable à n'importe quelle heure du jour et de la nuit et je peux rappliquer en trois heures. Le juge devrait me faxer la commission rogatoire internationale d'ici lundi. Je serai rentré pour la réceptionner.

– T'es sérieux, David ? Tu nous plantes en pleine enquête ? questionna Jojo, un soupçon d'incrédulité dans la voix.

– Je ne plante personne, Jojo. Je me connais. Je sais que si je reste là je vais tourner en rond, devenir odieux, vous mettre une pression contre-productive, et au final, c'est l'enquête qui va en pâtir. Un chef, ça doit savoir se retirer et laisser son équipe travailler.

Un silence général ponctua la dernière remarque. Les lieutenants étaient partagés entre désarroi et soulagement : le capitaine gérait mal la frustration, tous le savaient et en avaient déjà fait les frais.

Sterling s'apprêtait à quitter les lieux quand le commissaire prit la parole :

– Je tiens à préciser que j'ai donné mon autorisation à cette escapade, même si cette décision m'a également surpris. Le capitaine a su me convaincre.

Roussof marqua une pause, puis, s'adressant à Sterling, il reprit :

– Profitez-en pour bien réfléchir au moindre de vos actes concernant Yves Martin de façon à anticiper les conséquences. Nous sommes sous étroite surveillance.

– Je le sais bien, commissaire. Mais si ce monsieur a tué ou plutôt fait tuer cette journaliste pour une sombre histoire de pognon, c'est notre rôle de tout mettre en œuvre pour le découvrir.

– Pas de grands discours pompeux avec moi, Sterling. Je suis dans le viseur de la République et je vous veux à mes côtés. Quand la chasse aux pigeons est ouverte, plus on est de fous, plus on rit.

– Reçu cinq sur cinq, commissaire. Sur ce, je vous laisse, la province m'appelle.

Dix minutes plus tard, Sterling était sur son scooter en direction de chez lui pour faire son sac. Il venait de prévenir sa sœur de son arrivée dans la soirée et d'organiser une chaîne de solidarité pour que Hans ne crève pas de faim – sa seule préoccupation à cet instant précis.

# 12

*Familles, je vous hais.*

André Gide

À la gare de Boulogne-sur-Mer, la sœur de Sterling l'attendait sur le quai. De dix ans son aîné, il n'avait eu pendant longtemps que peu de relations avec elle. Quand elle était bébé, ses parents lui demandaient régulièrement de veiller sur elle. Puis, vers l'âge de 13 ans, entrant dans une adolescence précoce, il avait commencé à s'en désintéresser, préférant de loin fumer des joints avec ses copains. Sarah était peu à peu devenue une étrangère, d'abord envahissante, puis de plus en plus discrète au fur et à mesure qu'elle grandissait. Quand il avait eu 20 ans, Sterling avait quitté la maison familiale du 14ᵉ pour y revenir plus tard, une fois ses parents décédés et sa sœur repartie dans le Nord. Comme son frère, Sarah était née à Paris, mais ses origines provinciales lui avaient toujours collé à la peau. Dès qu'elle en avait eu l'occasion, son bac en poche, la jeune femme s'était installée à Boulogne-sur-Mer, terre de ses ancêtres. Elle y avait fait son trou très vite, comme si sa place n'avait jamais été ailleurs, adoptant tout naturellement la chaleur des gens du Nord, un bon sens populaire et une façon de parler directement reliée aux tripes.

À 25 ans, Sarah avait épousé un Ch'ti d'origine portugaise, aussi brave que rustre, qui lui avait fait trois enfants en un temps record. Sarah avait arrêté de travailler comme vendeuse dans la petite mercerie tenue par une amie de longue date de la famille. Lui continuait de trimer pour nourrir la marmaille. Maçon, il bossait trois cent soixante-cinq jours par an, sous la pluie ou sous le cagnard. Sterling l'aimait bien. Et autour d'un verre ils retrouvaient rapidement une langue commune, celle des hommes de cœur qui s'échinent à le cacher.

– Bonjour, le frangin, ça va ? T'as une mine à faire peur : t'es blanc comme un cul. Contente que tu viennes te reposer quelques jours chez nous, loin de la capitale. Ne traînons pas, les enfants piaffent d'impatience, un bail que tu ne les as pas vus. Qu'est-ce qu'ils ont grandi ! Tu vas à peine les reconnaître : Sébastien a 2 ans, t'as qu'à voir... Ça fait des siècles que t'as pas mis un pied ici. Si c'est pas malheureux, on n'est plus que nous deux et on se donne même pas la peine de se voir plus souvent. Heureusement qu'on se cause régulièrement au téléphone. Et...

– Content aussi de fouler la terre du Nord, l'interrompit Sterling, qui connaissait la capacité de sa sœur à se lancer dans de longs monologues.

Le genre à redouter le moindre silence, le genre à dire « Un ange passe », le genre à avoir peur du vide. Sa sœur, telle qu'en elle-même. Si loin, si proche.

– J'avais vraiment besoin de quitter Paris et ce boulot de fou, enchaîna-t-il.

– Un boulot de fou, c'est sûr. Tu vas nous raconter tout ça autour d'un bon p'tit blanc. Paulo l'a choisi exprès pour toi. Tu nous en diras des nouvelles, même pas sûre qu'on le trouve à Paris, celui-là. Tiens, je suis garée là.

Une fois installé dans la voiture, une Clio customisée aux couleurs du Racing Club de Lens, Sterling reprit le cours de la discussion :

– Et comment il va, le Paulo ?

– Il va comme il va. Pas le genre à causer beaucoup de ses émotions, tu le connais. On a notre petite routine. Les gosses vont bien et c'est ce qui compte. Pour le reste, les fins de mois sont parfois difficiles mais on « gère », comme on dit.

– T'as pas envie de te trouver un petit boulot ?

– Pas pour l'instant. Même si quelquefois je me laisse déborder et que j'pète des plombs, j'aime bien m'occuper de mes gosses et de mon jules. Ça peut te paraître bizarre, mais ça me donne l'impression de servir à quelque chose. Prendre soin des autres, c'est pas mal comme objectif, non ? Toi, par exemple, tu prends soin de qui ?

– De Hans, répondit Sterling en riant. Et de moi, ce qui n'est pas toujours une mince affaire, crois-moi. Et des morts qui réclament justice.

– Mouais, tu me fais une pirouette pour éviter la question. T'as pas trouvé une petite femme qui te ferait des bons petits plats, le soir, quand tu rentres fatigué du boulot ? Ça rend la vie plus douce quand même, non ?

– Oui… et non. Faut se supporter et ça me paraît énorme, comme effort à fournir.

– C'est sûr, ça ne coule pas tout seul. Et sans compromis, ça ne marche pas. Mais avoir une épaule sur laquelle se reposer… On se sent plus fort pour affronter les tracas du quotidien.

– Peut-être. J'y penserai un jour. Si les assassins me laissent un peu de répit.

– T'es toujours aussi beau parleur à ce que je vois. Ah, tu m'as manqué, tu sais ! s'exclama Sarah tout en faisant claquer sa main sur la jambe de son frère.

– Tu m'as manqué aussi, frangine, répondit sincèrement Sterling.

La famille n'avait jamais été sa priorité. Le policier ne croyait pas vraiment aux liens du sang, préférant de loin ceux qu'on se construit au fil de la vie. Mais en regardant sa sœur assise à côté de lui dans cette voiture rouge et or, il ne put réprimer un élan de tendresse pour ce petit bout de femme rousse, aux yeux bleu-gris, effilés comme les siens. Il la revit bébé, quand il s'amusait à la chatouiller et qu'elle poussait de grands cris stridents. Plus tard, ce lien s'était distendu, puis reconstruit. Une fois adultes, David et Sarah avaient décidé de redevenir frère et sœur. Les liens du sang s'étaient mués en liens choisis : il aimait la personne qu'elle était devenue. Et elle le lui rendait bien.

*

Arrivés devant le petit pavillon familial, Sarah lança un retentissant « On est là ! ». S'ensuivit un grand bruit de pas dévalant des marches. À peine entré, Sterling fut assailli par trois enfants âgés de 2 à 6 ans, Sébastien, Clémence et Margot. Des « Tonton ! » plurent de partout. Un moment de joie auquel le policier s'abandonna sans se faire prier.

– Salut, le beauf ! s'exclama à son tour Paulo avec un léger accent ch'ti. Tu as fait bon voyage, depuis la capitale ?

– Salut, Paulo, répondit Sterling en lui donnant l'accolade. Content de te voir, vieux. T'as pas changé, dis-moi. Ça conserve, la maçonnerie.

– Tu me charries. Si tu voyais l'état de mon dos ! Ça va bientôt plus être de mon âge, toutes ces conneries. Mais arrêtons de couiner et buvons un coup à ton séjour parmi nous.

– Volontiers. J'ai quand même pas fait tous ces kilomètres pour avoir le gosier sec !

– Bien parlé, beauf, bien parlé.

La nuit venue, Sterling, allongé dans le canapé-lit du salon, regardait le plafond avec concentration. Les images du dîner se croisaient avec celles de son enfance. Un peu ivre, il sentit son corps se décontracter et son cerveau lâcher prise. Paris lui sembla loin. Tout comme ses enquêtes. Même si la brigade pouvait à tout moment le solliciter, le flic comprit à quel point il avait besoin de mettre à distance le souvenir des corps sans vie d'Hélène Messan et de Lou Cohen. Une image qui s'effaça rapidement – tant pis pour la culpabilité, après tout, il s'accordait rarement ce genre de plaisir – au profit d'une autre : un sourire au coin des lèvres, il pensa à ses neveu et nièces qui l'avaient accablé de questions sur son travail, les bandits qu'il arrêtait, les dangers qu'il courait, les armes qu'il utilisait. Il avait promis de leur faire visiter son commissariat quand ils monteraient à la capitale. Une promesse ponctuée par une explosion de joie lui donnant l'impression d'être un héros pendant cinq minutes et d'exister pour de vrai dans le regard de ces trois enfants. Sa sœur avait peut-être raison, dans le fond : à force de ne vivre que pour soi, on oublie peu à peu le sens de l'existence. Chassant de son esprit ce questionnement potentiellement anxiogène – c'était bon pour ses soirées en solitaire dans son bar parisien –, Sterling se laissa sombrer dans un sommeil réparateur.

Le lendemain matin, au réveil, après avoir partagé croissants et pains au chocolat avec toute la smala, Sterling composa le numéro de Stéphanie Morel, son amour de jeunesse, avec qui il était resté en contact. Le soir même, il avait rendez-vous chez elle.

# 13

*Le meilleur moment dans l'amour,*
*c'est quand on monte l'escalier.*

Georges Clemenceau

Elle l'attendait. Elle n'avait finalement fait que ça, attendre. La quarantaine passée, Stéphanie Morel regardait la vie passer en observatrice attentive mais distante. Comme si tout cela ne la concernait pas vraiment. Elle attendait un déclic qui tardait à venir, un top départ qui lui donnerait l'envie de s'engager, de faire des choix irréversibles. Mais le temps filait et rien n'arrivait. Parfois Stéphanie désespérait de son incapacité à vivre pleinement sa vie. Parfois elle s'en félicitait, échappant ainsi à des relations trop exigeantes qui la feraient inexorablement souffrir.

Ne pas vivre pour ne pas souffrir, c'était le choix implicite qu'elle avait fait. Un pacte avec elle-même qu'elle avait fini par formuler après plusieurs années passées sur un divan. Un choix qui en valait un autre, se disait-elle, acceptant son sort avec fatalisme. Une question aussi de rencontres, de hasard, de coïncidences. Des considérations utiles pour alléger ses éventuelles remises en question mais qui contenaient aussi une part de vérité. David Sterling en était la preuve vivante. Avec lui, elle aurait pu franchir le pas, mouiller plus qu'un orteil dans l'océan de l'existence, quand leurs routes s'étaient croisées, il y avait de cela des années.

Jeune homme, il venait régulièrement à Boulogne-sur-Mer voir sa famille. Joli garçon, policier promis à un brillant avenir, mystérieux, parisien… tous les ingrédients pour tomber sous son charme. Au premier regard, quand il était entré dans ce bar, elle l'avait vu, reconnu, comme un être familier que l'on attendait sans le savoir. Un ami commun les avait présentés et la vie avait fait le reste. Premier baiser, première nuit d'amour, premier week-end, premier séjour prolongé à Paris… un déroulé logique qui aurait pu les mener loin. À un détail près : David Sterling était fait du même bois qu'elle. À trop vivre dans l'instant, on redoute l'avenir et ses projections. Un jour, un an après leur rencontre, il avait mis un terme à la relation. La distance, le travail, la difficulté à s'engager… elle se souvenait par cœur de ses arguments pour expliquer sa décision. Elle n'avait rien dit, acceptant le verdict comme un condamné qui se savait en sursis.

Depuis, il lui donnait des nouvelles de temps à autre. Ils s'étaient même recroisés dans des bars de Boulogne-sur-Mer, trinquant parfois à leurs 20 ans et au temps qui passe. Lors de ces rares retrouvailles, il ne parlait pas de sa vie sentimentale. Elle ne parlait pas non plus de la sienne. Qu'en dire, de toute façon ? Stéphanie Morel avait connu quelques hommes. Aucun ne lui avait donné envie de se poser, de renoncer au fantasme d'une vie rêvée que la réalité ne pourrait qu'abîmer. La vérité, c'est que dans son panthéon personnel David Sterling tenait encore une place à part, celle de l'un des rares hommes qu'elle avait vraiment aimés. Le savait-il ? Peut-être pas. Et dans le doute, elle s'était juré un jour qu'elle le lui dirait.

Quand le téléphone avait sonné ce matin-là et que le nom de David Sterling s'était affiché, son cœur s'était mis à battre plus fort. Cela faisait bien longtemps qu'il n'avait pas pris la peine de se manifester ainsi. En raccrochant, un frisson de joie avait parcouru son corps, une joie mêlée de trac : le moment était peut-être venu de partager avec lui ce secret. Comme un défi à relever : s'exposer pour ne rien regretter.

*

Toute la journée, Stéphanie avait savouré pleinement ce moment délicieux de l'avant, cette promesse suspendue en l'air, diffuse et enivrante. Plus les minutes passaient, plus le fantasme opérait : elle imaginait la soirée puis la nuit, de plus en plus désireuse de remettre cet homme dans son lit. Elle s'était préparée en conséquence – réfléchissant un long moment à ses dessous et à sa tenue, sexy mais pas trop, à son maquillage, voyant mais pas outrancier… –, avait cuisiné un plat simple qu'elle était certaine de réussir, avait répété dans sa tête les phrases qu'elle souhaitait prononcer, sans pour autant se mettre de pression : ces mots sortiraient de sa bouche… ou pas.

À 20 heures précises, David Sterling sonna à sa porte. Stéphanie vint lui ouvrir, un grand sourire aux lèvres, qu'elle atténua légèrement une fois la main sur la poignée.

Les bises furent amicales, un peu trop à son goût, mais elle ne s'en formalisa pas, ils avaient la soirée devant eux. Ils échangèrent d'abord des banalités en buvant du vin. Puis ils se mirent à table.

– Tu es là pour des raisons professionnelles ? lui demanda-t-elle alors qu'ils entamaient l'entrée.

– Non, le Nord me manquait. Et ça faisait un bail que je n'avais pas vu ma famille. Je suis chez ma sœur, j'avais besoin de prendre un peu de recul.

– Comment ça va, dans la police ?

– On fait aller. Pas drôle tous les jours. Mais, que veux-tu, je ne sais rien faire d'autre. Et toi, quoi de neuf ?

– Rien de spécial. Une petite vie de cadre à la Sécurité sociale de Boulogne-sur-Mer. Tu dois avoir mille fois plus de choses à raconter que moi.

– La différence, c'est que ce que j'ai à raconter jette un voile noir sur l'humanité, pas de quoi s'en réjouir. Tiens, mais qui voilà ? Je ne savais pas que tu avais un chat. Comment s'appelle-t-il ?

– Il s'appelle Pépito. On me l'a offert pour mes 40 ans. Un chat très sympa affligé d'une anomalie originale : il lui arrive de faire des crises d'épilepsie et, juste après, il avance tout droit sans pouvoir aller ni à gauche ni à droite, ni même faire demi-tour. Le véto m'a expliqué que, dans des cas très rares, l'épilepsie provoque ce genre de phénomène qu'on appelle hémianopsie : son champ visuel latéral disparaît. Ça me l'a rendu encore plus attachant.

– Je comprends, c'est presque poétique : le chat qui ne pouvait pas tourner.

Ils continuèrent à converser à bâtons rompus un bon moment. Ils se racontèrent leur vie, effleurant les sujets sans s'attarder, tout en cédant à quelques moments de nostalgie.

– Tu te souviens de notre première rencontre ? interrogea Stéphanie.

– Bien sûr que je m'en souviens. Je peux même te dire comment tu étais habillée : une petite robe bleue à bretelles et des chaussures de la même couleur à très hauts talons.

– Vingt sur vingt, capitaine. J'en ai autant à ton service : tu portais un pantalon beige trop grand pour toi, un tee-shirt de marin et des espadrilles blanches. Ça m'avait marquée. Rares étaient les garçons à assumer ce genre de chaussures dans le coin, ça faisait tellement parisien !

– Il fallait bien que je me démarque, le meilleur moyen pour attirer les filles, non ?

– Je confirme, sourit Stéphanie.

Puis, après un silence de trente secondes qui lui parut durer une éternité, elle enchaîna :

– On a eu du bon temps, nous deux.

– On peut le dire.

– Tu as été important dans ma vie, tu le sais au moins ?

– Oui, je le sais. Et tu l'as été dans la mienne, Steph.

– Ça aurait pu marcher, il s'en est fallu de peu.

– Es-tu sûr de vouloir parler de tout ça ? Le passé, c'est le passé. Si ça avait continué, je t'aurais fait souffrir. J'étais dans l'incapacité à l'époque de m'engager. Et pour être tout à fait honnête avec toi, je ne suis pas sûr d'avoir beaucoup changé. Pour me lever le matin sans trop tanguer, j'ai mis mon cœur à l'abri dans un congélo et je ne suis pas prêt à l'en ressortir. Peut-être la faute à des traumatismes familiaux pas réglés. Ça fait mal de le dire. Et ça fait mal aux autres aussi ; le tout ne me rend pas très fréquentable, amoureusement parlant.

Stéphanie encaissa la dernière phrase sans broncher. Un imperceptible mouvement de la glotte trahit son émotion, ce qui n'échappa pas au policier. Dès l'ouverture de la porte, Sterling avait senti l'intention de Stéphanie, à son ton de voix, sa démarche, son air faussement détaché. En vingt ans de police, il avait développé une capacité à cerner les gens en un temps record, surtout ceux qui avaient des choses à cacher. En appelant, il avait déclenché un processus fantasmagorique, une éventualité qu'il ne pouvait ignorer. Il l'avait du reste fait dans ce but sans être certain à cent pour cent d'assumer l'initiative jusqu'au bout. En l'écoutant parler de leur histoire, il se dit qu'il aurait dû s'abstenir. Mais la machine était lancée, impossible de l'arrêter. Autant en profiter :

– Il y a un autre domaine où je n'ai pas changé : je sais reconnaître les jolies femmes. Tu es toujours aussi charmante, Steph. Ils ont de la merde dans les yeux, les mecs du coin ?

– À moins que ce ne soit moi qui en aie, David. Je suis de plus en plus difficile, ça n'aide pas non plus.

– Et si tu me croisais aujourd'hui, sans me connaître. Tu te dirais quoi ?

– Je me dirais la même chose qu'il y a vingt ans : Quel joli garçon !

Cette autorisation implicite à laisser le désir prendre le dessus les fit passer de la cuisine au salon, puis du salon à la chambre à coucher. Le lendemain matin, après une nuit presque blanche, Sterling s'éclipsa doucement, redoutant la question « On se revoit quand ? », à laquelle il n'aurait pu répondre sans provoquer rancune et colère.

Il marcha jusqu'au domicile de sa sœur et prépara le petit déjeuner. En route, il avait acheté de quoi remplir les ventres affamés.

# 14

*Bouque qui rit n'blesse personne.*

Proverbe ch'ti

Dans la soirée, Sterling se retrouva seul avec son beau-frère dans un bar du bord de mer où Paulo avait ses habitudes. Le capitaine aimait bien s'y rendre avec lui et prendre le pouls de cette France-là, invisible à Paris. Les gueules et les corps cassés par les boulots de plein air et les litres d'alcool ingurgités, il prenait plaisir à s'y frotter. C'était comme un rappel salutaire de ses origines, mêlé à la satisfaction – ou à l'illusion – d'avoir échappé à un sort similaire.

Le bar Au pied marin avait toutes les caractéristiques de certains bistrots de province. Aucun effort côté déco : un sol de lino couleur crème, des tables en Formica, des tabourets en métal et en cuir lacérés de tous côtés, d'où sortait par endroits une mousse jaune, un vieux flipper et un baby-foot. Le tout sentait le renfermé, une odeur un peu rance qui décuplait la sensation de faire un voyage dans le temps en passant la porte.

Assis au bar, trois hommes saluèrent l'entrée de Paulo et Sterling : Gillou, un jeune marin en salopette jaune, Bébert, un quarantenaire au chômage, à la couperose déjà bien avancée, et Momo, un artisan à la retraite.

– Salut la compagnie ! s'exclama Paulo en tapant dans le dos de Momo. Tout baigne par ici ?

– Pour baigner, ça baigne, répondit Josette, la patronne. Ils sont là depuis 4 heures de l'après-midi, j'te fais pas un dessin. Comment que ça va, mon Paulo ?

– Ça va pas mal. On a de la visite : le beauf, venu tout droit de la grande ville, nous honore de sa présence. Vous vous souvenez tous de Sterling David, frère de ma charmante femme et tonton de ma descendance. Autant dire qu'on lui doit le respect. Sans parler du fait que monsieur est policier. Capitaine, de surcroît.

– Bonjour, capitaine, enchaîna Bébert en levant son verre. À la bonne vôtre !

– Josette, sers-nous deux verres de blanc, qu'on fasse pas les impolis et qu'on trinque avec vous. Faudrait pas qu'on croie que le Parisien nous contamine avec ses mauvaises manières, dit Paulo.

– Un Ch'ti, même de Paris, n'oublie jamais le b.a-ba de la bistrologie, messieurs. C'est du reste ma tournée ! proclama Sterling.

– Bien parlé. Ton beauf, il me plaît, rétorqua Momo en levant sa casquette. Les gentlemen, je sais les reconnaître.

Firent alors irruption trois supporters du Racing Club de Lens, tout de rouge et or vêtus. Pas de match prévu dans la soirée en raison de la trêve estivale, mais pas question de laisser retomber l'enthousiasme.

– Salut, les gars ! s'exclama Paulo, lui aussi supporter. Je vous préviens, il y a un Parisien parmi nous et il se trouve que c'est mon beauf. Alors pas de mauvaise blague sur le PSG…

– Des blagues sur le PSG !? Tu nous prends pour qui, Paulo ? rebondit l'un des nouveaux arrivants. J'en connais qu'une, et elle est pas bien méchante : « Pourquoi un joueur du PSG est-il incapable d'appeler les secours ? Parce qu'il ne trouve pas le bouton 18 sur le clavier du téléphone ! »…

L'assemblée s'esclaffa. Sterling en fit autant.

– Vous pouvez y aller, je ne suis pas susceptible, et surtout pas très fan de football…

– Ben, c'est encore pire que d'être supporter du PSG ! Et cette maladie, tu l'as contractée depuis quand ? lui demanda Momo, presque inquiet.

– Depuis tout petit. J'adore regarder le tennis, en revanche… avec une bonne bière fraîche.

– Ces Parisiens alors, ils nous la copieront ! s'exclama Bébert. Ça vaut bien une tournée générale, ma Josette !

Quelques verres plus tard, la belle équipe se tenait bras dessus, bras dessous devant le bar en braillant des chansons du cru. Quand vint le tour du « P'tit Quinquin », Sterling ne put réprimer une émotion, comme une madeleine de Proust sonore qui le plongea dans un abîme de sensations diverses. Il reprit en chœur avec ses compagnons de zinc :

*Dors, min p'tit quinquin,*
*Min p'tit pouchin,*
*Min gros rojin,*
*Te m'fras du chagrin,*
*Si te n'dors point ch'qu'à d'main...*

Une fois la chanson terminée, il confia à Paulo :

– Ça me rappelle notre mère.

– Bon ou mauvais souvenir ? demanda le beauf, soudain grave.

– Bon et mauvais, Paulo. Tu connais beaucoup de choses dans la vie qui échappent à cette fatalité ?

– Ouais, j'en connais. Et vous, les Sterling, vous feriez bien de vous y mettre au lieu de cultiver ce je-ne-sais-quoi de noirceur.

– C'est l'éducation, ça, Paulo. On n'y peut rien.

– Éducation, mon cul, Sterling. Elle vous en a fait du mal, à toi et à Sarah. Parfois j'ai l'impression de voir encore sur vos joues la trace rouge des raclées qu'elle vous mettait. Je lui en voudrai jusqu'à la fin de mes jours et je n'ai jamais eu le courage de le lui dire : son côté bourgeois, ses yeux d'un bleu perçant, ses cheveux blonds parfaitement coiffés et ses mains toujours manucurées m'impressionnaient. Quel con !

– Arrête, Paulo, tu te fais du mal pour rien.

– Je te dis tout ça parce que je suis bourré, David. Mais ta sœur, elle a besoin de toi. Donne signe de vie plus souvent, vieux.

– Je vais essayer, Paulo. Je vais essayer. C'est juste qu'on est pudiques, dans la famille. On tient ça de nos ancêtres britanniques, paraît-il.

Paulo allait rétorquer quelque chose, au moment où dans la poche de Sterling son portable émettait un son plaintif, celui d'un énième texto de Stéphanie. Le silence, c'est ce qu'il y a de pire et il le savait, incapable pour autant de mettre fin au supplice. Les mots ne lui venaient pas. Dire quoi ? Et comment ?

Le lendemain soir, dans le train qui le ramenait à Paris, il se fendit pourtant d'une réponse : *Merci pour le dîner*. Arrivé à la gare du Nord, à peine foulé le sol parisien, Sterling ne s'en soucia plus, redevenu en un claquement de doigts un capitaine de police d'âge mûr, laissant derrière lui le petit garçon et le jeune homme qu'il avait été.

## 15

*Il n'y a rien sur quoi plane autant*
*de séduction et de malédiction*
*que sur un secret.*

Søren Kierkegaard

À son retour au 3e DPJ, la commission rogatoire internationale attendait Sterling, ainsi que les noms de ses contacts sur place. Le magistrat de liaison et l'attaché de sécurité intérieure avaient fait en sorte que le capitaine puisse poursuivre son enquête sur le sol marocain et recevoir le soutien des autorités locales. Il rentra chez lui, passa une soirée calme et une nuit agitée, se demandant – presque excité – ce qu'il allait découvrir à Casablanca.

6 h 30 le lendemain. Sterling se leva, avant même que le réveil sonne, et s'habilla rapidement, jetant juste un coup d'œil à la météo du jour à Casablanca. Le policier revêtit un pantalon

en lin beige et un tee-shirt couleur crème puis il chaussa ses vieilles Converse blanches tirant sur le gris. Il prit une besace dans laquelle il rangea passeport, billet électronique, lunettes de soleil, téléphone, portefeuille… Il remplit la gamelle de Hans, lui fit une caresse sur la tête et sortit de chez lui, direction Roissy.

Arrivé au hall 2F, il erra dans les rayons du Relais H, s'arrêta sur les unes des magazines people, constata qu'il ne connaissait pas la plupart des personnes dont les secrets les plus intimes étaient dévoilés, et alla s'asseoir. Pour passer le temps, il ouvrit l'appli Pretender. Un grand *P* rouge sur fond noir fit son apparition sur son écran, laissant rapidement la place à une première salve de profils féminins correspondant à la tranche d'âge qu'il avait indiquée (de 35 à 45 ans). À force de l'utiliser, Sterling jugeait l'outil aussi ingénieux que déprimant, et se complaisait dans un paradoxe très contemporain : avoir développé une certaine addiction à l'appli tout en la dénigrant. Résultat, il se connectait régulièrement sans jamais aller plus loin que quelques *matchs*, rendant possible une conversation qui cessait vite, faute de motivation. D'autant qu'il arrivait souvent que les rédactrices de l'autre côté de cet écran virtuel (ou de fumée) n'aient pas assez potassé le Bescherelle. Bref, entre l'egotrip assumé – être « liké » le rassurait parfois sur sa capacité à séduire – et la sensation satisfaisante de prendre sa vie sentimentale en main, le rapport bénéfice/risque restait positif.

Il *swipait*[1] donc, comme bon nombre de ses semblables au même moment sur la planète, quand une voix féminine annonça le début de l'embarquement. Sterling avait quelques qualités, mais la patience ne faisait pas partie de la liste. Il fit la queue en trépignant, entra dans l'avion, constata que le vol était complet, pas mal de Marocains rentrant au bled, trouva son siège, mit ses écouteurs et s'extirpa du monde en écoutant du Miossec. Trois heures plus tard, l'avion atterrit à Casablanca. Sterling n'y avait jamais mis les pieds : son dernier voyage au Maroc datait de trente ans, et la grande mosquée Hassan-II, seule attraction touristique de la ville, n'étant pas encore achevée, ses parents avaient décidé de sauter cette étape pour se concentrer sur Marrakech, Essaouira et Agadir.

Après avoir passé la douane, il fut accueilli par deux policiers marocains, qui l'accompagneraient, apprit-il, tout au long de son séjour. Ensemble, ils sortirent de l'aéroport. Sterling fut saisi par le vent chaud qui soufflait fort. Un sentiment de bien-être le traversa : le changement de climat, c'est le premier dépaysement, la preuve irréfutable que l'on n'est plus chez soi. Il se laissa parcourir par cette sensation quelques secondes, puis s'engouffra dans le véhicule des deux policiers. Une fois installés, ils échangèrent quelques mots sur l'affaire, puis l'un d'eux, le plus jeune,

1. Le *swipe* est un balayage latéral effectué sur un écran à l'aide d'un doigt.

répondant au nom de Hichem, demanda au capitaine :

– C'est votre première fois au Maroc ?

– Non, mais c'est ma première fois à Casablanca.

– Ah, vous allez voir, c'est une belle ville. Avec une belle mosquée.

Sterling l'observa un peu mieux et remarqua un début de tache noire au milieu du front, signe d'une prosternation fréquente et d'une foi fervente.

Il répondit :

– Oui, j'ai vu quelques images. Malheureusement, je ne suis pas sûr d'avoir le temps de la visiter, je ne reste qu'une journée...

– C'est vrai qu'une journée, c'est court ! Vous, les Européens, vous faites tout vite, réagit le jeune Marocain en faisant un geste de la main, que Sterling traduisit par « Ils sont fous, ces blancs-becs ».

– Pas tout, rétorqua Sterling avec un sourire entendu qui se voulait légèrement provocateur. Mais il y a du vrai dans ce que vous dites.

– Vous êtes parisien ?

– Oui. Vous connaissez Paris ?

– Si je connais ! Ma sœur habite à Clichy. Je vais la voir régulièrement. La plupart des Marocains que vous allez croiser ont de la famille chez vous. C'est comme ça, c'est l'histoire.

– Et on est contents de les avoir.

– Heureux de vous l'entendre dire. Parce qu'en fait on est comme qui dirait cousins. Ça ne sert à rien de renier sa famille, elle ne va pas disparaître pour autant ! s'esclaffa le policier en jetant un œil malicieux à Sterling via le rétroviseur.

Sterling répondit par un grand sourire et s'installa au plus près de la vitre, de manière à découvrir la ville et à commencer à l'apprivoiser. Quelques minutes plus tard, la voiture s'arrêta devant une porte bleue.

– Nous sommes arrivés.

– C'était rapide…

– Une journée ici. On n'allait pas traîner !

Sorti du véhicule, Sterling observa l'immeuble censé abriter le siège de GO-Tech, le prestataire de Linkhood. À première vue, rien ici n'évoquait le high-tech. Les policiers poussèrent la porte, qui s'ouvrit sans encombre : ni code ni interphone. Un couloir sombre faisait office d'entrée. En l'empruntant, ils tombèrent sur une succession de boîtes aux lettres plus ou moins délabrées. Sur l'une d'elles figurait bien le nom GO-Tech. Une liste des résidents leur apprit que la société avait son bureau au deuxième étage. Ils montèrent et sonnèrent à la porte. Une femme d'une cinquantaine d'années – cheveux de jais tombant sur les épaules, yeux noirs en amande légèrement ridés sur les côtés et bouche charnue découvrant des dents blanches – finit par leur ouvrir. Sterling devina en jetant un coup d'œil furtif derrière elle que c'était son appartement et à l'odeur de café qu'elle était en plein petit déjeuner.

– Bonjour, madame, excusez-nous de vous déranger. Vous parlez français ?

– Bien sûr que je parle français, répondit la dame avec un accent maghrébin prononcé. C'est pour quoi ?

– Nous sommes policiers et nous aurions des questions à poser à un responsable de la société GO-Tech.

– Il n'y a aucun responsable de GO-Tech ici. Vous leur voulez quoi ?

– Nous menons une enquête dans laquelle cette entreprise a été citée. Nous devons parler à son dirigeant.

– Je ne vais pas pouvoir vous renseigner. Le mieux, c'est de voir ça avec M. Martin. Un Français qui vit à Paris.

– Mais l'étiquette en bas sur la boîte aux lettres semble indiquer que la société est domiciliée ici…

– Ah oui, l'étiquette. M. Martin m'a chargée de récupérer son courrier et de le lui envoyer par la poste. Parfois je reçois des recommandés, d'où l'indication de mon domicile. Rien de plus. Je n'ai jamais vu personne d'autre de GO-Tech, à part M. Martin, qui vient régulièrement nous rendre visite.

– « Nous » ?

– Oui, tout l'immeuble lui appartient. Ça lui permet de donner un toit à des gosses de la rue. Ils l'adorent. Ils lui font une vraie fête quand il vient. Et moi je m'occupe d'eux, je suis leur éducatrice si vous voulez. En échange, M. Martin me prête cet appartement.

– Et quand il ne se déplace pas, vous lui envoyez le courrier à quelle adresse ?

– Une adresse à Paris. C'est son domicile, je crois.

– Merci, madame, pour tous ces renseignements fort utiles.

– De rien. Et passez le bonjour à M. Martin quand vous le verrez. Dites-lui qu'on attend sa prochaine visite avec impatience.

– Je n'y manquerai pas, madame, vous avez ma parole.

Dans le hall d'entrée, les policiers croisèrent en effet une ribambelle de gamins. Torse nu, un vague caleçon mouillé pour unique vêtement, ils semblaient revenir de baignade : avec cette chaleur, Sterling aurait bien fait de même. Mais il y avait plus urgent.

Une fois sortis de l'immeuble, les policiers se rendirent au siège de la police afin d'y effectuer quelques vérifications. Deux heures plus tard, satisfait de sa matinée et de l'avancée de l'enquête, dont il venait de faire part au juge, Sterling décida de s'adonner à un peu de tourisme avant de retrouver le rythme infernal de la capitale. Au loin, il aperçut le minaret de la mosquée Hassan-II, le plus haut du monde.

*

De retour chez lui sur le coup de 22 heures, Sterling hésita à sortir puis se ravisa. La journée du lendemain allait lui demander une concentration optimale. Pour être au mieux de sa forme, quoi de plus profitable qu'une soirée télé avec un plateau-repas sur les genoux et le chat Hans pour seule compagnie ? Comble de la solitude urbaine pour certains esprits chagrins, Sterling affectionnait ces temps de pause, synonymes de retour aux sources. Il en profitait pour mettre de l'ordre dans son cerveau, sa machine à résoudre des énigmes. Comme dans un ordinateur, il jetait à la poubelle de vieux fichiers de façon à libérer de la place pour de nouvelles sensations. Calé contre la table basse du salon qui lui servait de dossier, Hans le regardait fixement puis commença à se laver avec minutie, sans dissimuler le plaisir qu'il y prenait. Sterling l'envia : comme la vie de chat paraissait facile ! Des bonheurs simples, loin de toute quête d'absolu et de grands mots synonymes de frustration que l'homme avait inventés sans savoir ce qu'il devait en faire. Sterling avait parfois la sensation de comprendre le sens de la vie au contact de Hans.

Cette pensée donna l'envie au capitaine de parcourir un de ses livres de prédilection. Il se leva, chercha dans sa bibliothèque gigantesque et soigneusement rangée par ordre alphabétique – il était du genre maniaque – *L'Insoutenable Légèreté de l'être* de Kundera. Il alla se coucher en le coinçant sous son bras et, dans son lit, parcourut le passage sur la mort du chien Karénine.

Le lendemain matin, il se réveilla en sursaut, de peur d'avoir dormi trop longtemps. Son portable, qu'il n'éteignait jamais, indiquait 7 h 30.

Pas de temps à perdre. Il fut interrompu dans sa préparation express par un coup de fil de Jojo.

– David, la scientifique a retrouvé plusieurs gouttes de sang au domicile de Lou Cohen et les a analysées. L'ADN a parlé. C'est le sang d'un certain Quentin Marquet, connu de nos services pour avoir trempé dans pas mal d'affaires pas nettes. Il a très bien pu être payé par Martin pour faire peur à Lou Cohen… en fouillant son appartement par exemple.

– Elle a porté plainte ?

– Non, j'ai vérifié. Soit la fouille a été très discrète, soit elle a préféré tenir la police à l'écart, de peur d'être gênée dans ses investigations… On va poser la question à son entourage, au cas où.

– Bon boulot, Jojo. Interpellez-moi ce Marquet et mettez-le en garde à vue. Je me charge de Martin avec les Juju. La journée commence bien…

Jojo n'eut pas le temps de lui demander ce qu'il allait faire précisément, le policier avait déjà raccroché.

Sterling retrouva les deux lieutenantes au bureau du PDG de Linkhood. Une fois devant la secrétaire de l'homme d'affaires, qui semblait tout droit sortie d'un *soap opera* américain – coiffure choucroute, jupe courte moulante et maquillage outrancier –, Sterling eut du mal à réprimer un sourire narquois.

– Bonjour, madame. Capitaine David Sterling, vous vous souvenez de moi ? Merci de prévenir votre patron que nous souhaitons le revoir.

Surprise par le ton employé, la secrétaire n'osa pas jouer les femmes-écrans et s'exécuta sans broncher. Elle les invita à entrer peu de temps après.

– Bonjour, monsieur Martin ! lança Sterling. Nous sommes ici pour vous notifier votre nouvelle mise en garde à vue pour abus de biens sociaux. Veuillez me suivre, s'il vous plaît, nous retournons au poste.

– Vous m'avez l'air bien sûr de vous, capitaine. Je ne sais pas ce qui vous donne tant d'assurance, ce que je sais, en revanche, c'est que vous perdrez cette nouvelle partie de bras de fer.

– Peut-être… ou peut-être pas. Laissons faire la justice et nous verrons bien. Car la partie de bras de fer ne se joue plus entre vous et moi, mais entre la vérité et le mensonge, le légal et l'illégal. Des frontières que certains ne franchissent jamais, alors que d'autres passent leur temps à faire des va-et-vient. Mais ne nous attardons pas sur ces considérations éthiques et reparlons-en au commissariat, où nous pourrons à loisir comparer la taille de nos muscles.

Une fois Sterling, Martin et son avocat installés en salle d'audition, le capitaine n'y alla pas par quatre chemins :

– C'est bien, ce que vous faites pour ces gosses des rues à Casa.

Yves Martin le regarda, l'air surpris. Sterling poursuivit, les yeux dans le vague :

– Je scrute l'âme humaine depuis longtemps. Et je dois avouer que parfois elle recèle un mystère insondable : comment peut-on être un véritable salaud et en même temps avoir un si grand cœur ?

L'homme d'affaires hésita à répondre, n'en fit rien. Tout en arborant un large sourire, il tenta de dissimuler un agacement pourtant perceptible : sa jambe gauche fut prise d'un tic nerveux apparemment difficile à contrôler.

– Monsieur Martin, je vous ai convoqué dans le cadre d'une affaire financière mise au jour à la suite de la perquisition que nous avons menée dans vos locaux. Les équipes de la police judiciaire ont découvert que, via votre entreprise Linkhood, des virements réguliers étaient effectués à GO-Tech, une structure sise à Casablanca, au Maroc, présentée comme l'un de vos prestataires de services. Je me suis personnellement rendu sur place et j'ai constaté que non seulement aucune entreprise répondant à ce nom n'existait au siège indiqué sur les factures, mais qu'en plus vous étiez vous-même à la tête de cette structure sous un nom d'emprunt. Confirmez-vous ces informations ?

– Mon client ne répondra à aucune de ces accusations, répliqua l'avocat.

– Les preuves sont pourtant là, maître. Votre client a tout intérêt à collaborer et vous le savez bien.

Yves Martin semblait prêt à intervenir, mais d'un geste de la main l'avocat l'en dissuada.

– Nous n'avons plus rien à ajouter.

– Dans ce cas, je vais soumettre au juge d'instruction le PV de cette audition ainsi que tous les autres éléments que nous avons en notre possession et qui contribueront à la manifestation de la vérité, j'en suis certain. L'abus de biens sociaux vous pend au nez, Martin. Pour le reste, le juge décidera.

En sortant de l'interrogatoire, les Juju informèrent Sterling que Quentin Marquet avait été cueilli à son domicile. Il fit son entrée, entouré des deux lieutenantes, quelques instants plus tard.

L'homme, âgé d'une vingtaine d'années, avait une tête de fouine. De quoi susciter une vocation, se dit Sterling. L'audition débuta une fois que Marquet se fut entretenu avec son avocat.

– Monsieur Marquet, vous avez été mis en garde à vue car nous avons retrouvé au domicile de Lou Cohen, une journaliste assassinée il y a quelques jours, des gouttes de votre sang. Pouvez-vous nous expliquer pourquoi ? interrogea Sterling d'un ton très calme.

– Non. Il doit y avoir une erreur. Je ne connais personne de ce nom-là.

– Ce qui est bien avec l'ADN, monsieur Marquet, c'est qu'il ne se trompe jamais. Alors je vais vous reposer la question : pourquoi avons-nous retrouvé des gouttes de votre sang au domicile de Lou Cohen ?

Visiblement embarrassé, le jeune homme commença à se tortiller sur sa chaise et à se frotter les mains nerveusement. Sterling imagina la scène : en fouillant, Marquet avait dû s'écorcher, sur un clou mal placé par exemple. Un peu de sang était alors tombé sans qu'il s'en aperçoive. Putain d'ADN, devait-il se dire. Les images semblaient défiler à toute vitesse dans sa tête... mais pas les mots qui pourraient le sortir de ce mauvais pas.

– Monsieur Marquet, votre silence ne vous aide pas, vous vous en doutez. Alors soit vous nous dites la vérité, soit vous vous exposez à de gros ennuis. Personnellement, je vous vois bien dans le rôle peu enviable de fusible...

– Je n'ai rien à ajouter.

– Comme vous voulez. Je vous signale juste qu'Yves Martin, qui ne vous est certainement pas inconnu, est dans nos murs. Je parie, vu le personnage, qu'il n'hésitera pas à charger la Terre entière pour sauver sa tête. Et vous êtes en haut de la liste. Je vous repose donc la question une dernière fois : pourquoi êtes-vous allé au domicile de Lou Cohen ? Était-ce à la demande d'Yves Martin ?

– Je ne connais pas ce monsieur et je ne comprends rien à ce que vous dites.

– Ça en dit long sur la pression qu'exerce sur vous cet individu. Vous êtes prêt, pour lui, à endosser le mauvais rôle ? Je ne sais pas si c'est de la loyauté ou de la bêtise, mais dans les deux cas ça risque de vous envoyer en taule pour un moment... Vous en êtes conscient, monsieur Marquet ?

– Je n'ai plus rien à vous dire.

– Bon, eh bien, nous allons reprendre cette discussion un peu plus tard, en présence d'Yves Martin. Et dire que vous couvrez un homme qui vous méprise au plus haut point. Je ne comprendrai jamais pourquoi les êtres humains agissent si souvent contre leur propre intérêt. C'en est presque touchant.

Après quelques secondes de silence, l'avocat intervint :

– Je voudrais à nouveau m'entretenir seul à seul avec mon client, capitaine.

– Faites donc, maître, je vous en prie. Vos conseils lui seront précieux.

Une demi-heure plus tard, Quentin Marquet et son avocat refaisaient leur entrée en salle d'audition.

– Mon client a décidé de parler, capitaine.

– En voilà une bonne nouvelle ! s'exclama Sterling. Je vous écoute, monsieur Marquet.

– Bon ben, il y a quelques semaines, un homme m'a contacté pour que j'aille fouiller le domicile de cette Lou Cohen. Il cherchait des documents liés à son enquête sur un vol de brevet. Comme il payait bien, j'ai accepté. C'est un peu dans mes cordes, comme boulot.

– Et qu'avez-vous trouvé ?

– Rien de rien.

– Avez-vous un moyen d'identifier la personne qui vous a missionné ?

– Non, aucun. Le gars en question, j'avais jamais entendu le son de sa voix. Je ne sais pas comment il a eu mon 06. Mais le fait est qu'il m'a appelé, avec un numéro masqué, pour me donner les instructions et le tarif. J'ai d'ailleurs été payé recta en cash ; une enveloppe a été déposée dans ma boîte aux lettres.

– Vous avez gardé l'enveloppe ?

– Non, je l'ai jetée.

– Dommage. Poursuivez, monsieur Marquet.

– Ben, le mec, il m'a aussi donné le jour et l'heure où je devais procéder. Deux heures après que je suis sorti de chez la journaliste, il m'a à nouveau contacté pour savoir si ma petite visite nocturne avait porté ses fruits.

– Vous avez fait ça discrètement ?

– Non, j'ai tout saccagé. C'était la consigne. Fallait qu'elle sente qu'elle était traquée.

– Elle n'a pas porté plainte, en tout cas.

– Ben, elle a peut-être eu les chocottes… Faut se mettre à sa place.

– Vous saviez qu'elle avait reçu des mails de menace ?

– Ah non, je ne savais pas. En même temps, moins j'en sais, mieux je me porte. Moi, on me missionne, j'exécute…

– M. Marquet ne vous en dira pas plus, le coupa son avocat.

– Pourquoi ? Vous avez peur qu'il nous retrace tout son CV de malfrat, maître ? J'ai pourtant une dernière question qui mérite toute l'attention de votre client : monsieur Marquet, avez-vous tué Lou Cohen ?

– Bien sûr que non ! s'insurgea le jeune homme avec vigueur. Je mouille pas dans ce genre de trucs.

– Sauf qu'elle est bel et bien morte. Quand vous l'avez appris, vous avez réagi comment ?

– Bon, ça suffit, capitaine, intervint l'avocat. L'entretien s'arrête là. Votre accusation de meurtre ne repose sur aucun fait, aucune preuve. D'autant que M. Marquet affirme qu'il ne connaît pas cet Yves Martin.

– Je ne l'accuse pas, j'interroge, maître. De toute façon, j'en sais assez pour passer un petit coup de fil au juge d'instruction, qui ne manquera pas d'engager des poursuites. En attendant son déferrement, nous gardons votre client au chaud.

*

Quelque temps plus tard, Martin et Marquet furent tous deux convoqués dans le bureau du juge Lagrange. Un bureau austère où s'entassaient des tonnes de dossiers empilés les uns sur les autres, dans un désordre apparent qui tranchait avec la rigueur dont faisait preuve le magistrat.

– Monsieur Marquet, reconnaissez-vous cet homme ? interrogea le juge en désignant du doigt Yves Martin.

– Pouvez-vous nous expliquer ce qui se passe ? intervint maître Poinceau, l'avocat de Martin.

– Monsieur Marquet, répondez je vous prie.

– Non, jamais vu, affirma le prévenu.

– Monsieur le juge, vous mettez à mal notre patience. Nous avons le droit de savoir de quoi mon client est accusé...

– Quentin Marquet, ici présent, a avoué avoir fouillé, sur commande, le domicile de Lou Cohen, afin d'y trouver des documents potentiellement compromettants sur Linkhood, objet d'une enquête qu'elle était en train de mener au moment de son assassinat. Cela nous amène à ces deux conclusions, monsieur Martin : votre entreprise a bel et bien volé ce brevet et vous avez tenté d'intimider cette journaliste pour que l'affaire ne s'ébruite pas. C'est clair comme de l'eau de roche. La question est : jusqu'à quel point avez-vous voulu la faire taire ?

– Vous ne m'aurez pas, petit juge de merde ! lâcha le PDG, hors de lui. Vous m'entendez, vous ne m'aurez pas ! Accusez-moi de tout ce que vous voulez, vous, vos flics à la con et votre parodie de justice, je vous écraserai tous, comme des cafards que vous êtes…

– Taisez-vous, Martin, laissez-moi gérer ça, ordonna l'avocat.

– Madame la greffière, veuillez noter un nouveau chef d'accusation à l'encontre de M. Martin : injure à magistrat.

Puis, en se retournant vers le PDG, le juge poursuivit, sans se défaire de son calme :

– Dois-je aussi ajouter le meurtre avec préméditation de cette journaliste un peu trop curieuse à votre goût ? Et qu'en est-il d'Hélène Messan, la jeune femme retrouvée morte dans la Seine, poignardée elle aussi ? Avait-elle également des secrets vous concernant, monsieur Martin ? Une liaison extraconjugale, peut-être ?

– Ça devient du délire et de l'acharnement. Vous n'avez pas la moindre preuve de ce que vous avancez, répondit l'avocat.

– Monsieur Marquet, je vous pose la même question : avez-vous été mandaté pour tuer Hélène Messan ?

– Mais non. Je ne connais personne de ce nom-là. Et je vous l'ai dit, je suis pas un tueur.

Le juge regarda les deux hommes dans les yeux, puis finit par dire :

– Bon, nous en avons fini pour aujourd'hui. Monsieur Martin, vous êtes mis en examen pour abus de biens sociaux et complicité de menaces de mort et d'assassinat. Pour le reste, je vous laisse entre les mains expertes du juge des libertés et de la détention. M'est avis qu'un petit séjour en prison vous apprendra peut-être les bonnes manières, ironisa le juge Lagrange.

Il continua :

– Quant à M. Marquet, nous retenons les chefs d'accusation suivants : violation de domicile, complicité de menaces de mort, complicité d'assassinat. Nous poursuivons les investigations. Qui sait ? Peut-être nous reverrons-nous pour des faits encore plus graves. Je vous souhaite une bonne journée.

La dernière phrase ayant été prononcée debout, une main indiquant la porte de sortie, avocats et mis en examen se levèrent comme un seul homme. Même Yves Martin obtempéra sans broncher, l'air légèrement abattu. Une fois seul avec sa greffière, le juge la gratifia d'un large sourire, signe qu'il était satisfait du déroulé des opérations.

# 16

*Je suis contre les femmes, tout contre.*

Sacha Guitry

Je remonte le col de mon imperméable. En cette heure avancée de la nuit, une brise s'est levée et me glace le sang, m'arrachant un frisson. Je déambule dans le quartier chinois du 13$^{e}$ arrondissement de Paris. Malgré les rideaux de fer tirés et les portes des restaurants fermées depuis quelques heures, les rues embaument encore l'odeur rance et parfumée de la nourriture asiatique.

Je me faufile entre les voitures, longe des trottoirs, traverse des esplanades où le vent règne en maître. Je marche sans but apparent. Mon parcours aléatoire m'amène jusqu'aux Maréchaux. Soudain, un filtre se pose sur mes yeux : en un clignement de cils, tout ici devient gris. Gris comme le bitume sale, les bâtiments qui le surplombent… et les passants qui semblent traîner leur misère au milieu de la nuit. Des clients de prostituées, pour la plupart. Prostituée, le mot résonne dans ma tête et me fait l'effet d'un électrochoc. Il m'est arrivé de faire appel à leurs services, mi-excité, mi-dégoûté à l'idée que leurs bouches et leurs sexes avaient accueilli un nombre incalculable de queues avant la mienne. Je n'éprouve pour autant aucune haine à leur égard.

Je marche sur le boulevard, aux aguets, scrutant la ville et ses ombres. Une silhouette de femme entre alors dans mon champ de vision. Elle est seule et fume en faisant les cent pas. C'est le bout rouge de sa cigarette qui a attiré mon attention.

En m'approchant, je m'aperçois qu'elle est blonde. Je ne la vois que de dos ou de trois quarts, ses cheveux sont longs et épais ; je devine une frange coupée court. Elle marche, puis parfois s'arrête et tapote quelque chose sur son téléphone. Pour passer le temps, elle doit envoyer des textos à ses copines de misère ou à son mac. Elle a une jupe noire, qui masque à peine sa culotte, un haut violet légèrement brillant. Le bruit de ses talons – des bottes blanches vernies qui remontent jusqu'aux genoux – résonne sur le sol. Un client en voiture s'arrête à une trentaine de mètres d'elle, l'obligeant à se déporter loin d'un réverbère. Elle se penche et à travers la vitre parlemente quelques minutes avec l'homme motorisé. De l'autre côté de la rue, je me suis avancé lentement, sans bruit. Personne aux alentours. Le moment est idéal, sauf si elle monte.

Mon cœur bat plus vite. Je tente de me calmer en imaginant leur dialogue, lui marchandant une somme dérisoire pour une pipe et elle faisant valoir ses compétences. Heureusement pour moi, le marché n'est pas conclu. Dès que l'automobiliste redémarre, je traverse, m'approche d'elle à toute vitesse, la plaque contre la paroi d'un mur et la poignarde une première fois dans le dos, mes doigts sur sa bouche. Le coup n'est pas fatal. Elle se débat avec force, tente de me faire tomber et me mord la main à travers le gant. La rage m'envahit. Un vrai shoot d'adrénaline. Je reprends possession de mes moyens. Je la maîtrise à nouveau et la transperce à maintes reprises. Elle s'écroule, sa perruque blonde gisant à ses pieds. Je quitte la scène aussi vite que possible, non sans l'avoir déplacée pour qu'elle soit moins visible de la route. Il me faut couvrir ma retraite. Entre mes tempes, un marteau-piqueur me laboure le cerveau. Je m'éloigne au pas de course, le cœur battant à se rompre. Je sens des gouttes de sueur perler sur mon front. J'accélère la cadence malgré un point de côté. Une fois chez moi, je me précipite sous la douche pour effacer les traces de la peur qui a souillé mon corps.

# 17

*Une enquête criminelle,*
*c'est comme un requin.*
*Il faut qu'elle avance sans cesse,*
*sinon elle se noie.*

Michael Connelly

– Laisse-moi deviner, Jojo : on a retrouvé le corps d'une femme assassinée quelque part dans Paris. Je parie qu'elle a été tuée à coups de couteau ?

– C'est exactement ça. Comment as-tu deviné ?

– Un coup de fil de si bon matin, ça ne pouvait pas être autre chose. Nous frôlons le comique de répétition. Où dois-je me rendre ?

– Sur les Maréchaux, tout près de la porte d'Italie.

– Je me mets en route. En attendant, tu sais ce que tu as à faire ?

– Tu veux dire : geler la scène de crime, vérifier si des caméras ont filmé le meurtre, démarrer l'enquête de voisinage… rétorqua le lieutenant d'un ton un peu las.

Des années qu'il bossait au 3e DPJ et il avait parfois le sentiment que Sterling le traitait toujours comme un bleu.

– Le prends pas mal, Jojo. Je sais bien que tu fais le job. Allez, au boulot, j'arrive.

Sterling se leva d'un bond mais dut se rasseoir. La tête lui tournait. La lassitude se lisait sur son visage. Encore un meurtre de femme. Encore un assassinat à l'arme blanche. Même si la justice n'en avait pas fini avec Linkhood, la thèse du tueur en série faisait peu à peu surface. Quentin Marquet et Yves Martin étaient innocentés d'emblée puisque, la nuit précédente, ils étaient aux mains de la justice. Marqué à la culotte par ses supérieurs, le commissaire allait être dans tous ses états : la pression retomberait inévitablement sur lui. Sans parler des médias, qui ne manqueraient pas de s'intéresser de près à toutes ces affaires et à l'incapacité de la police à arrêter le meurtrier. Sterling pensa à Bernie, à sa sœur, à Stéphanie. Il aurait aimé se réfugier dans leurs bras, oublier un instant la réalité du monde et sa cruauté, faire comme si elle n'existait pas.

Cinq minutes s'écoulèrent sans qu'il puisse bouger, terrassé par le sentiment d'impuissance dont parlait Bernie, la pire des saloperies pour un flic. Un venin qui vous paralyse, vous assèche, tel un moteur en panne, vous prive de l'essentiel : la confiance. Sterling se laissa aller à cette plainte lancinante. Pour ne rien arranger, il avait encore mal dormi. De nouveau, des cauchemars et la sensation de tomber, d'être guidé par une force supérieure qui le tirait inexorablement vers le bas, là où ses démons le guettaient, prêts à l'engloutir ; ils prenaient le pouvoir de plus en plus souvent, et cette usurpation colorait tout en noir, notamment sa perception de lui-même et de ses congénères. Une machine intérieure le broyait, lui volait certains souvenirs – des black-out qui se faisaient désormais plus fréquents, l'alcool aidant. La nuit précédente en était un bon exemple.

Assis sur son lit, il gémit. Le regard inquisiteur de Hans le sortit un peu de sa torpeur. Il lui sembla y lire une forte désapprobation : « Au lieu de pleurnicher, tu ferais mieux de me donner à manger. » L'image de la gamelle vide en appela une autre, celle de Jojo s'affairant seul sur la scène de crime. Il avait peut-être perdu de sa superbe en tant qu'enquêteur, mais il n'avait pas le droit de laisser tomber les collègues qui comptaient sur lui. Roussof lui avait inoculé ce virus et il ne pourrait jamais s'en défaire : ses hommes valaient tous les sacrifices, y compris celui de museler ses monstres pour un temps. Sterling se leva et entra dans la salle de bains.

Trente minutes plus tard, il était sur les lieux du crime. Il y retrouva le juge d'instruction, qui le regarda d'un air las en lui faisant avec ses doigts le chiffre trois. Le capitaine haussa les épaules et s'adressa à Jojo :

– Quel est le topo ?

– Mlle Fa Xing – ses papiers d'identité étaient dans son sac –, une prostituée de 33 ans d'origine chinoise, a été tuée à l'arme blanche. Un passant l'a retrouvée morte sur le coup de 6 heures du matin. Selon les premières conclusions, elle a été assassinée vers 2 ou 3 heures du matin. Il semble qu'elle ait été tuée ici, contre le mur, là où on a ramassé ce qui pourrait être sa perruque, et déplacée en retrait de la route. Pas de témoin oculaire, apparemment. Mais nous avons lancé l'enquête de voisinage et nous recherchons l'arme du crime.

– À première vue, le mode opératoire ressemble à celui des meurtres d'Hélène Messan et de Lou Cohen ?

– Oui, à un détail près : le tueur s'est acharné. Il a asséné une dizaine de coups de couteau. Peut-être a-t-il perdu le contrôle ? À moins que le choix d'une prostituée ne soit pas anodin pour lui ?

– C'est en effet une possibilité. Je rentre au commissariat, je te laisse mener les opérations. Tu nous y retrouves quand tu as terminé. Ça m'embêterait que tu rates les festivités que nous réserve le commissaire.

Jojo sourit, mais devant la mine grave du capitaine il effaça rapidement le rictus sur ses lèvres.

*

La suite de la journée se déroula comme Sterling l'avait prédit. Le commissaire n'y était pas allé par quatre chemins : ils étaient attendus au tournant et il n'était pas question de traîner en route. La thèse du tueur en série errant dans les rues de Paris, c'était le scénario catastrophe, le pire cauchemar de la police. Comme prévu, la pression devenait de plus en plus forte à mesure que la panique s'emparait des plus hautes sphères du pouvoir, du préfet au ministre. Ne pas mettre hors d'état de nuire un fou sanguinaire entacherait l'ensemble des services. La fragilité des digues protégeant les humains contre eux-mêmes et la société contre la barbarie était soudainement palpable, effrayante. Or cette thèse s'imposait peu à peu. Et mettait tout le monde en état d'urgence.

Sterling savait que pour avancer efficacement, seule l'action comptait. Il fallait garder toute sa lucidité. En bon chef de meute, le policier se devait de guider son équipe sur cette voie, la seule possible.

– Vous l'avez entendu comme moi, nous sommes sous le feu des projecteurs et je vous prie de croire que ceux qui nous regardent ne nous pardonneront aucun faux pas, attaqua-t-il avec gravité. Imaginez les jeux du cirque à Rome et le pouce de l'empereur tourné vers le bas. Cette image doit vous réveiller au moindre coup de fatigue, et vous remotiver au moindre doute. C'est compris ?

– Oui, capitaine, répondit la brigade à l'unisson.

– Bon, sur ces bases solides, il n'y a pas de raison que nous ne parvenions pas à neutraliser ce fils de pute. Je veux que tout le monde se mette au diapason : Martin et Marquet étant tous deux mis en détention provisoire, ça les innocente du troisième meurtre, mais pas des deux premiers. Ce qui nous oblige quand même à suivre une autre piste : nous cherchons un tueur en série qui a déjà au moins trois meurtres à son actif. Pas de preuves irréfutables que cette théorie soit la bonne, mais nous allons faire comme si. Reprenons tout depuis le début à travers ce nouveau prisme. Messan, Cohen et Xing, trois femmes, ont été tuées par le même homme. À chaque fois, il utilise une arme blanche que nous n'avons pas retrouvée et qu'il sait parfaitement manier. En bon connaisseur de l'anatomie humaine, il est précis, en tout cas il l'a été lors des deux premiers meurtres. Garcia a du reste remarqué que les quatre coups de couteau ont été donnés à des endroits qui pourraient, si on les reliait, prendre la forme d'une croix. Rien de tout ça pour le troisième meurtre, qui diffère quelque peu ; l'assassin semble avoir perdu pied. Comme dirait Jojo, tuer une putain n'a peut-être rien d'anodin pour lui. Ça vaut donc le coup de jeter un œil aux meurtres récents non résolus de prostituées. Les trois femmes ont quand même des points communs : blondes – même si la dernière avait une perruque –, plutôt menues, âges similaires… Nous ne pouvons pourtant pas exclure qu'il tue au hasard, au gré de ses déambulations et de ses rencontres. Qui est-il ? Qu'est-ce qui le motive ? S'il n'a jamais tué auparavant, ce qui reste encore à prouver, quel a été l'élément déclencheur ? C'est à toutes ces questions que nous devons répondre. Mettons-nous à sa place. Essayons de raisonner comme lui, de l'imaginer marchant dans Paris à la recherche de sa future victime. C'est l'unique façon de le cerner. En résumé, tant que nous n'aurons pas arrêté ce salaud, il doit devenir notre obsession. Mettez-vous bien dans le crâne qu'au vu des trois premiers meurtres, commis à peu de temps d'intervalle, il recommencera très bientôt. Notre mission, ce n'est pas seulement de mettre sous les verrous un dangereux criminel, c'est aussi, c'est surtout d'épargner sa prochaine victime.

Sterling s'arrêta de parler un instant, scrutant chacun des membres de son équipe, satisfait de lire de la détermination sur les visages.

– Bonne chance à tous. Gardez la foi en vous-mêmes et en vos camarades, conclut le policier.

En quittant les lieux, il eut en tête le visage bonhomme de Bernie et la conviction qu'il serait fier de lui s'il avait entendu ses propos. Cette pensée lui arracha même un sourire, le premier de la journée.

Au moment d'enfourcher son scooter, le téléphone du policier se mit à sonner. L'air du « P'tit Quinquin » avait remplacé un bruit de grillons – un choix dont Sterling, en bon gars du Nord, se félicitait à chaque appel. À l'autre bout du fil, il entendit la voix de Jojo, qui venait d'assister à l'autopsie de la dernière victime.

– Selon Garcia, pas grand-chose à nous apprendre sur le mode opératoire qu'on ne sache déjà, sinon que notre tueur a une sacrée force pour toucher au but quasiment à chaque coup porté. Tous ou presque ont été mortels. Sinon, elle a retrouvé un bout de cuir coincé entre les dents de la victime.

– Elle pensait à quelque chose en particulier ?

– Oui, ça peut provenir de gants. On sait déjà que l'assassin en porte très certainement, vu l'absence d'empreintes sur chaque scène de crime. La victime aurait mordu dedans en essayant d'atteindre la main.

– C'est en effet une thèse tout à fait probable : la Chinoise lui a donné du fil à retordre, apparemment. Si elle l'a mordu, ça l'a peut-être déstabilisé. D'où l'acharnement. Et Garcia n'a pas retrouvé des bouts de chair, par hasard ?

– Non, je te l'aurais dit tout de suite. Sinon, la légiste m'a chargé d'un message pour toi : il faut que tu sois raisonnable. Avec un fou dangereux en liberté dans la capitale, toute la population attend de toi que tu aies l'esprit clair dès les premières heures de la journée.

– Ma mère n'aurait pas dit mieux.

La nuit était tombée sur Paris. Sterling était chez lui, assis sur l'un de ses fauteuils clubs récupérés un jour dans la rue – beaucoup de ses meubles étaient de deuxième main ; il écoutait un vieux tube de Gainsbourg et regardait le plafond, concentré. Il se remémora alors la remarque du commissaire après la découverte du corps d'Hélène Messan : il y avait quelque chose de palpitant dans cette enquête. L'assassinat de Lou Cohen et les soupçons à l'encontre de Martin avaient occulté ce souvenir. Roussof avait pourtant raison et il fallait découvrir en quoi. Pour répondre à cette question, il était plus que temps de remettre son instinct de flic en état de marche. Un rendez-vous avec lui-même à inscrire pour le lendemain dans son agenda.

# 18

*La laideur a ceci de supérieur*
*à la beauté : elle dure.*

Daniel Mussy

Pierre-Yves Lemaître descendit dans les entrailles du métro à la station Pernety, non loin de son domicile, situé dans le 14e arrondissement. C'était un fidèle de la ligne 13, injustement détestée, selon lui, par les Parisiens – trop de monde, trop d'incivisme, trop de saletés... des « trop » qui faisaient son bonheur. Le métro, c'était son élément ; la ligne 13, sa deuxième maison. Lui seul le savait et tous les autres s'en foutaient. Une aubaine. Ce qu'il venait faire dans le métro, ça ne regardait que lui... et les filles qu'il y croisait. La plupart du temps, elles ne faisaient pas attention à ce petit homme – il mesurait un mètre soixante-huit – presque chauve, trapu et légèrement bedonnant, âgé d'une cinquantaine d'années. Pierre-Yves Lemaître – ses proches et ses collègues le surnommaient Pyl – était du genre transparent. Les femmes ne l'avaient jamais trouvé attirant et il ne pouvait décemment pas leur en vouloir. Même sa mère ne lui avait jamais accordé le moindre charme. À elle, en revanche, il en voulait un peu.

Père déserteur et mère trop foldingue pour s'intéresser à lui, il s'était fait tout seul, dans un monde où la beauté et l'argent étaient devenus des valeurs cardinales. Agent comptable dans une entreprise de distribution, laid, Pyl était condamné d'avance à la discrétion. Il en avait fait son atout. La première fois, c'était arrivé par hasard. Une rame bondée, un mouvement de foule et il s'était retrouvé plaqué contre une demoiselle, le sexe à la hauteur de ses fesses. D'abord gêné, Pyl avait rapidement pris goût à la situation, sentant poindre un début d'érection. Entre les va-et-vient du métro et de légers coups de hanche, le moment était même devenu délicieux. La fille avait dû sentir quelque chose. Elle avait fait mine de se retourner mais sans plus, trop occupée à choisir sa musique sur son iPhone et à répondre à ses textos – le smartphone, capteur d'attention inégalable, complice innocent de gens comme lui ; l'invention du siècle.

Après cette première expérience, Pyl avait fait en sorte de la reproduire, encore et encore. Un peu timide au début, parfois hésitant, il avait mis du temps à trouver la bonne posture et à repérer les proies idéales. Quelques déconvenues lui avaient en effet servi de leçon. Certaines femmes s'en étaient violemment prises à lui, trop nerveuses, trop en alerte, trop sûres de leur physique. Des moments désagréables mais qui n'avaient jamais dégénéré : il s'en était toujours sorti avec quelques regards désapprobateurs et une petite frayeur. Il avait donc appris à mieux choisir ses victimes – des filles quelconques dont l'âge importait peu –, à se positionner en douceur, à attendre une station ou deux avant de tenter une approche, à accompagner le ronron du métro puis, tout doucement, à accentuer les mouvements.

Il n'était pas doté d'un sexe proéminent, même en érection, aussi la plupart des filles qu'il prenait pour cible ne se rendaient-elles pas compte de ses agissements. Sûr que sa vie aurait été différente si la nature l'avait gâté. L'assurance, les hommes la puisent dans la taille réelle ou imaginée de leur pénis. L'illusion peut suffire. Pyl avait toujours été extrêmement lucide. Une chance dans son métier. Un vrai désavantage dans sa vie d'homme. « Lucidité et ennui, deux mots qui vont si bien ensemble », lui avait dit un jour sa mère, à qui il confiait ce qui semblait être sa caractéristique principale. Non, vraiment, jamais il ne pourrait lui pardonner ses remarques acerbes. Et il jubilait intérieurement quand il pensait au dégoût profond qu'elle ressentirait si elle savait qu'il pratiquait le frotteurisme. Un dégoût bien compréhensible, celui-là. Mais Pyl avait fait un choix : assumer cette pulsion, ne pas la combattre, bien au contraire. Quand il faisait ses descentes dans le métro pour l'assouvir, il mettait toujours le même pantalon, celui qui grâce à un trou dans la poche lui permettait d'accéder à son sexe facilement et le cas échéant, si les conditions étaient réunies, de se masturber contre le cul de sa dulcinée éphémère.

Une fois le métro arrêté, Pyl observa attentivement le passage de relais toujours délicat entre ceux qui en descendaient et ceux qui y montaient, ce ballet urbain disharmonieux au possible qui le faisait se sentir à sa place, ici dans ce souterrain. Il était 19 heures quand il entra enfin dans le wagon. Très vite, il repéra sa proie, une jeune femme d'une trentaine d'années aux longs cheveux bruns. Elle correspondait en tout point à ses critères, le parfum en plus. À la longue, il avait appris à les classer par catégorie ; attiré par les fragrances orientales, il n'appréciait guère les odeurs capiteuses, encore moins les cocottes qui ont usé trop généreusement du flacon. Celle du jour portait Shalimar, son préféré. Profitant d'un freinage violent, il s'approcha d'elle, se positionna, la taille de la femme était idéale. Puis, tout en jetant de petits regards à gauche et à droite pour vérifier que personne ne l'avait repéré, il savoura le moment, sa revanche à lui sur la vie, la nature et sa mère.

Il commençait à bander quand soudain la femme fit volte-face, lui balança une gifle et hurla :

– Vous voulez que je vous aide, gros dégueulasse !?

En une fraction de seconde, l'espace familier se fit hostile. Les yeux de ses compagnons de transport se braquèrent sur lui. Il fit un pas en arrière, tenta de parler, mais la jeune femme couvrit sa voix :

– Il se frottait contre moi, ce pervers ! cria-t-elle.

Et pour la première fois il sentit que l'accusation portait. Il aurait voulu être ailleurs, disparaître, ne jamais avoir existé. Il dit que non, elle se trompait, elle prenait ses rêves pour la réalité, la foule l'avait collé à elle, il n'y pouvait rien. Mais personne ne semblait l'écouter, le comprendre, lui le bon citoyen, l'agent comptable qui jamais n'avait payé ses impôts en retard. Il aurait pu bouder, devant tant d'injustice. Coup de grâce, deux hommes du Groupe de protection et de sécurité des réseaux s'étaient frayé un chemin dans la rame qui arrivait à quai. La jeune femme le montra du doigt et il suivit les agents qui l'encadrèrent et le firent sortir du wagon. Il fut emmené dans un petit local de la station Invalides réservé à des gars comme lui. Assis sur une chaise, devant une table, Pyl se prit la tête entre les mains, conscient que son passe-temps pourrait lui coûter cher. À force de pratiquer le frotteurisme sans jamais être réellement inquiété, il avait développé un sentiment d'impunité et de toute-puissance qui avait fait du bien à son ego malmené. Dans cette petite pièce sans fenêtre, aux murs gris et à l'éclairage blafard, il le sentit redevenir douloureux.

*

– Nom, prénom, domicile, demanda le flic de la RATP.

– Lemaître Pierre-Yves, 133 rue du Château, Paris 14e.

– Monsieur Lemaître, vous avez conscience de la gravité de vos actes ?

Pyl, prostré sur sa chaise, eut du mal à ouvrir la bouche et à regarder dans les yeux son interlocuteur, et encore moins la jeune femme, dont la présence accusatrice lui donnait presque la nausée. Il se tordait les mains, ses jambes tremblaient. Relever la tête aurait signifié prendre part à cette réalité qu'il avait tellement envie de nier.

– Monsieur Lemaître, je vous parle, insista le policier. Avez-vous conscience de la gravité de vos actes ?

– Non, marmonna Pyl.

– La demoiselle ici présente affirme que vous vous frottiez à elle. Et elle est décidée à porter plainte. Vous savez ce que vous encourez, monsieur Lemaître ?

– Je ne recommencerai pas...

– Vous reconnaissez donc les faits ?

– Je... je suis désolé.

– C'est un peu tard pour des excuses. Je vous transfère immédiatement au 3e DPJ, vous allez devoir vous expliquer devant des policiers, monsieur Lemaître.

Résigné, Pyl se leva et se laissa emmener sans protester. La jeune femme ne le quittait pas des yeux, l'air furibarde. En la regardant du coin de l'œil, il vit ce qui lui avait échappé, une mine renfrognée qui aurait dû l'alerter. Trop pressé d'assouvir cette pulsion dont il était devenu l'esclave, obnubilé par le cul des femmes, il en avait négligé leur âme, celle qui se lit dans les yeux. La révélation sonna comme un réveil brutal.

Vingt minutes plus tard, Pyl se retrouva à l'accueil du 3e DPJ. L'agent de sécurité du métro le fit asseoir pendant qu'il expliquait la situation à un homme en uniforme posté derrière un comptoir. La jeune femme qui l'avait mis dans ce pétrin était montée faire sa déposition. Lui, on le laissait poireauter. Normal, Pyl, c'était un paria, le genre d'individu que l'on tolère à la seule condition qu'il reste à sa place. Aujourd'hui, il avait commis l'irréparable, il s'était donné en spectacle, lui, Pyl, l'incarnation d'un échec social que tout le monde redoute, celui de la misère sexuelle et de la solitude urbaine. Un véritable trouble à l'ordre public.

Après un temps d'attente qui lui sembla très long, il fut enfin invité à se rendre au deuxième étage et se retrouva assis devant les bureaux des lieutenantes Blanchard et Perrault. Deux jeunes femmes, ça tombe mal, se dit-il. La solidarité féminine risquait fort de jouer contre lui.

– Tu faisais quoi dans le métro à 19 heures ? interrogea Juliette.

– Je… je me rendais à un rendez-vous, répondit Pyl, la tête toujours baissée.

– La ligne 13, tu la prends souvent ?

– Oui.

– Et depuis combien de temps tu t'adonnes au frotteurisme ?

– Je ne sais pas…

– Tu ne sais pas ? Vu ce qu'a décrit Mlle Chevalier, tu sembles expert en la matière, pourtant. Y a de la pratique…

Juliette marqua une pause et observa l'homme qu'elle venait d'asseoir devant elle. Il paraissait tétanisé, incapable de se défendre, méprisable dans sa lâcheté. Il en devenait presque répugnant. Le genre d'homme à réveiller l'instinct sadique qui sommeille en chacun de nous. Après un silence de quelques minutes et des recherches sur son ordinateur, elle s'esclaffa :

– Mais que vois-je ? Tu n'en es pas à ton coup d'essai, dis-moi ! Il y a cinq ans, une dénommée Élisabeth Denis a déposé une main courante contre toi pour coups et blessures. Selon le rapport de police, tu l'aurais également menacée… d'un couteau.

– C'était une hystérique, une toxico. Je l'ai juste un peu secouée parce qu'elle voulait me soutirer de l'argent.

– Et le couteau, c'était pour quoi ? Lui faire passer l'envie de respirer ?

– Non, pas du tout. J'ai fait l'erreur de l'inviter chez moi et elle a eu une crise de manque. J'ai juste voulu l'effrayer un peu…

– On peut dire que tu as réussi ton coup. T'as du bol. L'affaire a été classée sans suite parce que la nana ne semblait pas totalement nette. Mais y a comme un fil rouge dans ta vie, tu ne trouves pas : des femmes que tu n'arrives pas à te faire, de la frustration qui se transforme en agression. Juste pour être très claire avec toi : tu risques cinq ans d'emprisonnement. Et crois-moi, le juge se fera un plaisir d'alourdir la peine au maximum, pour l'exemple. Des frotteurs, on n'en arrête pas des masses. Rares sont les femmes qui portent plainte. Malheureusement. Des pauvres mecs comme toi, on en coffrerait bien tous les jours. Car t'es un pauv' mec, hein ? Y a qu'à voir comment t'assumes tes actes.

– Je suis désolé, répéta Pyl.

– Désolé… de quoi ? D'avoir frotté ton minuscule pénis contre les fesses d'une dame qu'avait rien demandé ? En même temps, ça se comprend, si tu demandais, personne ne voudrait. Pour en arriver là, ta bite ne doit pas souvent voir la lumière du jour, pas vrai ?

– Eh mec, tu réponds à ma collègue quand elle te cause ? gueula Justine, restée silencieuse jusque-là.

– Je ne voulais pas…

– Tu ne voulais pas quoi ? poursuivit-elle.

– Je ne voulais pas déranger…

– Ah, t'es du genre discret. Un petit frotti-frotta par-ci, par-là, et basta ! Rien de grave dans le fond. C'est ça que tu penses, hein ? Les culs des femmes sont à disposition, c'est bien connu. Dans pas longtemps tu vas nous dire qu'elles n'attendent que ça…

– Non, bien sûr que non.

– C'est pourtant un peu ce que tu as dit quand Mlle Chevalier t'a pris en flag. Le collègue de la

RATP a entendu : « Elle prend ses rêves pour la réalité. » Ben voyons… Je ne sais pas toi, Juliette, mais moi j'ai toujours rêvé de me faire éjaculer dessus dans un lieu public par un gnome.

– Un pur fantasme tu veux dire !

Justine était sur le point de poursuivre quand Jojo, remontant essoufflé de l'accueil, l'interrompit :

– Je viens de raccompagner Mlle Chevalier, qui a finalement décidé de ne pas porter plainte, elle n'avait pas conscience qu'il risquait cinq ans de taule. Elle préfère s'en tenir là, en espérant que ça lui servira de leçon.

– Merde et merde et remerde ! s'emporta Justine.

– Et le proc, il dit quoi ? questionna Juliette.

– Il dit que le dossier est trop léger pour poursuivre, sans plaignante et sans témoins dignes de ce nom.

Se retournant vers Pyl, Justine demanda :

– Ça t'a servi de leçon au moins ?

– Oui.

– Mouais, perso, j'en doute. T'as encore eu de la veine. J'espère que tu en auras moins la prochaine fois.

Pyl ne bougeait pas. Juliette enchaîna :

– Vas-y, casse-toi. On a assez vu ta gueule de minable.

Pyl se leva en veillant à ne rien déranger, fit un salut rapide de la tête et quitta les lieux, sans prêter attention à Sterling qui, depuis son bureau, avait observé toute la scène. Furieuses de ne pas avoir pu coffrer le frotteur, les deux flics décidèrent d'aller s'en griller une dehors. Sterling se faufila jusqu'à leur ordinateur et prit connaissance du procès-verbal que l'une d'elles avait commencé à rédiger. Il mémorisa l'adresse de Pierre-Yves Lemaître et retourna discrètement à son bureau.

# 19

*L'amour peut se passer d'estime,*
*pas l'amitié.*

Arletty

Sterling était assis au bar de son café favori. En attendant Bernie, avec qui il voulait partager ses réflexions sur l'enquête – tout en s'assurant que son ancien collègue n'était pas en train de se perdre dans un labyrinthe de solitude –, il repensa à la réunion du jour. Le commissaire avait rassemblé la brigade pour évoquer la procédure en cours à l'encontre d'Yves Martin et de Quentin Marquet, ainsi que les trois meurtres de femmes toujours pas élucidés. Roussof avait été très clair : il attendait des résultats et vite. Pour une fois, Sterling n'avait pas eu le cœur à plaisanter. Le commissaire avait raison : ces affaires n'avaient que trop traîné.

Le problème, c'est que le capitaine était sec. Pas de lueur au bout du tunnel, sinon ce petit monsieur penaud et honteux interrogé par ses deux lieutenantes. Quand il l'avait vu, son cerveau lui avait envoyé une alerte. Une impression suffisamment forte pour suivre la piste, mais insuffisamment étayée pour en parler à qui que ce soit, même à Bernie. Il irait traîner du côté de chez lui, tâter le pouls de la cage d'escalier – tout un art –, interroger des voisins. Personne ne devait savoir. Étant donné le boulot, ça serait considéré comme une perte de temps par son équipe. Comment leur donner tort ? Et comment expliquer ce qu'il ne pouvait même pas nommer ?

Perdu au fond de ses pensées, Sterling n'avait pas entendu Bernie entrer. Une entrée toujours fracassante, pourtant. S'il n'avait pas été flic, Bernie aurait été comédien. De fait, on entre dans un bar un peu comme dans un théâtre, en évaluant le public et en travaillant le ton de voix pour que le « Bonjour, la compagnie ! » fasse son effet sans pour autant monopoliser toute l'attention. Dans un bar, il faut savoir partager la scène pour ne pas se faire mal voir de ceux qui viennent aussi y chercher un peu de lumière. Une visibilité éphémère mais qui apaise les ego en souffrance.

Bernie était apparu côté cour. Il salua la clientèle et le barman, puis se dirigea vers son ami, assis côté jardin. C'est une fois debout devant lui que Sterling le remarqua enfin.

– Eh ben, j'ai comme l'impression que tu viens de faire de la spéléo dans ta tête, gamin, lui dit le vieux flic en mimant deux mains tirant une corde.

Bernie ponctuait toujours ses phrases de mimiques et d'une gestuelle qui faisaient souvent leur petit effet.

– T'as pas tort, vieux, répondit Sterling en lui serrant chaleureusement la main. Et c'est pour ça que je voulais te voir. J'ai besoin d'une lampe torche et, dans le genre, j'ai pas trouvé meilleur que toi.

– Tu sais que je suis toujours au rendez-vous. Surtout si tu m'offres à boire. Mais je te préviens, comme je garde mon petit-fils demain, mon rejeton m'a interdit de rentrer tard. Des fois, faut que je l'écoute.

– Je comprends Bernie. Je comprends. Et je t'envie.

– Toi, m'envier ? Tu parles... C'est bien la meilleure de l'année ! s'exclama Bernie en tapant dans le dos du capitaine.

Sterling ne réagit pas.

– Tu files un mauvais coton, fiston. Je t'ai rarement vu aussi abattu. Raconte à Bernie ce qui te préoccupe autant. Parce que je peux faire lampe torche, mais aussi pansement si besoin. Multitâche, le Bernie ! s'esclaffa-t-il en jetant un regard à gauche puis à droite, comme s'il souhaitait obtenir les félicitations des autres clients.

– Merci pour ton soutien. Te voir, ça me réconforte déjà. Pour le reste, c'est cette putain d'enquête qui me monopolise le cerveau. Même plus d'espace disponible pour de la pub Coca-Cola, t'as qu'à voir.

– Aïe. C'est bloqué à ce point-là ?

– Ouais, on peut dire ça. J'ai trois meurtres sur les bras et zéro piste. Je sais juste... enfin, j'ai la conviction que c'est le même assassin. Ce qui revient à dire qu'on pourchasse un tueur en série qui a décidé d'accrocher un max de blondes, même fausses, à son tableau de chasse.

– Et j'imagine d'ici la pression du côté de la hiérarchie... Mais bon, tu en as vu d'autres, David ! La tension, ça te connaît. Ça te stimule, même. Et puis, toi au moins, tu sais garder ton calme.

– Mouais, ça dépend. Il m'arrive de perdre le contrôle.

– Pas au point de foutre une mandale à une lieutenante...

– C'est vrai que tu y as été un peu fort. Mais bon, elle était du genre solide, la Florence. Elle ne s'est pas laissé faire. Et puis tout ça, c'est de l'histoire ancienne.

– Ouais. Et pour tout te dire, les regrets ou les remords, c'est pas trop le genre de la maison. Mais le sujet n'est pas là. Le sujet, c'est que toi tu es un vrai pro, David, tu connais ton job sur le bout des doigts. Pourquoi ça serait différent dans cette enquête ?

– Je ne sais pas. Quelque chose m'échappe. La personnalité du tueur, elle est floue, atypique, insaisissable. Et pourtant, va savoir pourquoi, j'ai l'impression qu'il m'est familier.

– Tu raisonnes pas bien, gamin. Repars des faits. Reprends les dossiers. Laisse pas tes méninges cogiter dans le vide. L'intuition, c'est bien de l'écouter quand elle s'appuie sur un minimum de concret. Tu es trop dans l'irrationnel, c'est ton défaut.

– Je sais, Bernie, je sais. En fait, je me sens comme le chat d'une vieille copine que j'ai revue l'autre week-end, quand j'ai passé deux jours dans le Nord. Il a une forme d'épilepsie assez rare : après une crise, il peut marcher des heures tout droit sans être capable de tourner. Ben là, c'est pareil. J'ai du mal à quitter ma route, à penser de travers. Or, tu sais comme moi que c'est comme ça qu'on résout les énigmes, en prenant des chemins bizarres et en s'y perdant.

– Bon, pour t'aider, je vais te proposer un petit exercice. Je te dois bien ça, vu que la dernière fois je t'ai mis dans le crâne que les deux premiers meurtres n'avaient aucun lien entre eux, et j'ai peut-être eu tort. Mais avant cela, je suis curieux de savoir : c'est qui, cette vieille copine ? Te connaissant, je ne crois pas trop à la relation purement amicale, si tu vois ce que je veux dire, sourit Bernie.

– Elle s'appelle Stéphanie et c'est un de mes premiers amours. On avait 20 ans et on s'entendait bien. Mais j'ai merdé et elle a morflé. Ça ne va pas faire modeste ce que je vais te dire, mais je crois qu'elle m'a attendu toutes ces années…

– Et ? osa Bernie après un silence prolongé.

– Et… peut-être bien que je l'ai libérée du sort que je lui avais jeté sans m'en rendre compte. Ma grand-mère disait que chaque histoire a une fin. Si tu n'es pas allé au bout, elle erre comme un fantôme et elle t'empêche de vivre totalement ta vie. Ben, quand on s'est vus, on a été au bout.

– Et ça a consisté en quoi, aller au bout ? Tremper ton biscuit une dernière fois et disparaître au petit matin ?

– C'est un peu ça. Je l'ai honorée d'abord et je me suis comporté comme un salaud ensuite.

– Et ça a marché ? Elle va pouvoir tourner ?

– Je crois que oui, affirma Sterling en plongeant son regard dans celui de son pote.

Après un moment, il reprit :

– Bon, on n'est pas là juste pour disséquer ma vie privée, qui n'a qu'un intérêt médiocre, tu en conviendras. Je te rappelle qu'un criminel tue des femmes et que je suis chargé de l'arrêter.

– T'as raison, fiston. Fin de la récré. Je te disais donc qu'on va procéder autrement pour tenter d'éclairer la nuit qui a pris possession de tes méninges : expose-moi les éléments de ces trois affaires dans le détail. Je veux tout savoir, y compris le résultat des autopsies. Ça me rappellera le bon vieux temps. J'ai toujours aimé ça, aller à l'IML, quand j'étais au 3e DPJ, un peu avant que t'arrives. Vas-y, j'ai les esgourdes grandes ouvertes. Et surtout colle aux faits, oublie les interprétations et autres considérations qui parasitent le cerveau. Il est encombré, le tien. Faut le vider comme un ordinateur – tu sais, la petite poubelle grise en bas, à droite de ton écran.

– Tu t'es acheté un Mac, Bernie ?

– Mon fils m'en a offert un pour mon anniversaire et mon petit-fils me donne des cours particuliers. Si tu m'avais vu manier le mulot la première fois, t'aurais pissé dans ton froc !

– Tu vas pas me dire que quand tu étais dans la police tu n'as jamais utilisé un ordi ?!

– Presque jamais.

– Je te félicite, Bernie. C'est beau, à ton âge, ce goût d'apprendre.

– Ben, plus tu vieillis plus le monde autour de toi rajeunit. Pour ne pas être totalement largué, faut faire des petits efforts, fils. Et puis ça occupe mes soirées. Mais revenons à nos moutons. Raconte-moi l'enquête comme ça te vient. La mémoire a un talent fou, elle va faire le job pour toi : sélectionner, hiérarchiser, mettre de côté le superflu. À la fin de la soirée, tu auras une piste, parole de Bernie.

Sterling jeta un regard attendri à son ami et s'exécuta.

Quelques heures plus tard, légèrement éméché, Sterling rentra chez lui sans avoir beaucoup avancé, mais il était requinqué. Bernie avait le truc pour remonter la grosse clé qu'il avait dans le dos.

# 20

*Voisin : personne qu'on nous demande*
*d'aimer comme nous-mêmes,*
*et qui fait tout ce qu'elle peut*
*pour nous faire désobéir.*

Ambrose Bierce

Il était tôt ce matin-là quand David Sterling sortit de chez lui. Une fois sur son scooter, il prit la direction de la rue du Château, dans le 14e arrondissement de Paris. Coup de chance, l'immeuble dans lequel il souhaitait entrer n'avait pas de code durant la journée. Derrière la porte cochère, il découvrit une ravissante courette, entourée d'immeubles de trois ou quatre étages, recouverts de chaux blanche et surplombés de toits en tuiles rouges. En une fraction de seconde, Paris et sa fougue semblèrent loin.

Sterling jeta un œil aux boîtes aux lettres et à la liste des occupants qu'il trouva affichée sous le porche, à l'entrée de la cour. Pierre-Yves Lemaître habitait l'immeuble C, au troisième étage. Sterling décida d'attendre qu'un locataire y entre ou en sorte. Il était certain de ne pas croiser le frotteur : il l'avait vu quitter l'immeuble un peu avant 8 h 30.

Une femme d'une trentaine d'années, au visage recouvert de taches de rousseur, finit par surgir de la cage d'escalier. Il s'approcha d'elle et mit son plan à exécution :

– Bonjour, mademoiselle, je m'appelle David Sterling et je suis de la police, lui dit-il en montrant sa carte. Je suis ici car un exhibitionniste sévit dans le quartier et nous ne parvenons pas à mettre la main dessus. Plusieurs jeunes femmes sont venues déposer une main courante au commissariat, ce qui nous a incités à faire une enquête de voisinage. Nous avons un descriptif de ce monsieur. Puis-je prendre quelques minutes de votre temps et vous faire part de ces éléments ? Peut-être l'avez-vous déjà croisé ?

– Allez-y. Si je peux aider…

– Il mesure un peu moins d'un mètre soixante-dix, il est chauve ou quasi, un peu bedonnant, âgé d'une cinquantaine d'années…

– Ça pourrait être Pyl, l'interrompit la jeune femme, l'air abasourdie.

– Pyl ?

– Oui, Pierre-Yves Lemaître, mon voisin de palier, mais tout le monde l'appelle Pyl. La description semble coller, mais franchement je ne le vois pas du tout commettre de tels actes.

– Vous n'avez jamais eu à vous plaindre de lui ?

– Pas le moins du monde. C'est la discrétion incarnée. Il est plutôt solitaire et je ne vois pas grand monde lui rendre visite. À part ça, il n'y a rien à en dire. Il est serviable et souriant. Je suis assez tête en l'air et il m'arrive régulièrement d'oublier d'acheter du sel ou du sucre… Il m'accueille toujours très aimablement quand je lui demande de me dépanner. À la fête des voisins, il vient chaque année. Il apporte toujours la même chose : un cake aux olives et au jambon. On en rigole… Cela dit, on a tous nos spécialités culinaires, pas vrai ?

– Tout à fait… répondit Sterling sans s'appesantir, sentant la demoiselle prête à s'étendre sur le sujet. Lui connaissez-vous de la famille ?

– Oui, sa mère, qui vient lui rendre visite de temps en temps, mais c'est très rare. C'est une ancienne danseuse de music-hall ; lui, il bosse comme agent comptable. Vous imaginez le contraste ? Autant vous dire qu'ils ont du mal à communiquer ! Il s'est un peu confié à moi, un jour, à la fête des voisins. Ma mère était présente, et comme on s'entend moyennement bien, il m'a parlé de ses rapports compliqués avec la sienne.

– Et sur le plan sentimental, il y a quelque chose à dire, mademoiselle… ?

– Bauman, Clémentine Bauman. Rien. C'est le désert, à ce que je sais… Mais il a peut-être une vie cachée, allez savoir. On ne connaît jamais vraiment les gens, hein ?

– Est-ce qu'il a des relations plus soutenues avec d'autres habitants de l'immeuble ?

– Il est propriétaire depuis très longtemps, il fréquente davantage ceux qui le sont aussi. On peut essayer d'aller voir Jocelyne. Elle habite l'escalier B. Elle est très active au sein du conseil syndical.

Sterling se laissa guider par la jeune femme, tout en reluquant son fessier avenant et ses longues jambes joliment galbées dans un jean moulant. À la louche, cette Clémentine devait bien mesurer un mètre quatre-vingts, soit cinq centimètres de plus que lui. Rien de rédhibitoire, se dit-il. Dans un lit, la différence de taille disparaît comme par enchantement.

Jocelyne, en revanche, n'était plus femme à évoquer ce genre d'idées. 75 ans bien tapés, la voix rauque et cassée par une consommation élevée de cigarettes et d'alcool, la voisine était vêtue d'habits amples et colorés, révélant une nostalgie assumée des années 1970, confirmée par ses cheveux longs teintés de henné.

– Bonjour, Jocelyne ! lança gaiement Clémentine, après avoir sonné à la porte de sa voisine, qui avait ouvert sans se faire prier. Je suis avec un policier, il a quelque chose à te demander.

– Bonjour, madame, désolé de vous déranger. Je mène une petite enquête de voisinage car un exhibitionniste sévit dans le quartier et pour l'instant nous n'avons pas réussi à l'arrêter. En décrivant l'individu à Mlle Bauman, il semble que le profil pourrait correspondre à un certain Pierre-Yves Lemaître. Elle m'a dit avoir les meilleures relations du monde avec lui. C'est aussi votre cas ?

– Absolument, répondit la femme du tac au tac.

Après une pause de quelques secondes, elle poursuivit :

– Si je comprends bien, vous n'avez pas la preuve que c'est lui ?

– Non, mais le fait que Mlle Bauman ait fait le lien va nous amener à enquêter d'un peu plus près sur les agissements de ce monsieur.

– Si les faits dont on pourrait l'accuser se confirmaient, j'en serais attristée. Et à vrai dire, j'aurais plus envie de le plaindre que de le blâmer. Pyl a un physique disons... difficile. Pas évident pour un gars comme lui de faire son trou dans la jungle érotico-sentimentale d'aujourd'hui. Il me fait un peu penser à un héros de Houellebecq, si vous voyez ce que je veux dire.

– Je vois bien, j'ai lu quasiment tous ses livres, répondit le capitaine.

– Pierre-Yves, c'est ça. J'imagine qu'il a un peu de mal à vivre sa sexualité. S'il s'avère qu'il est coupable, je ne pourrai que désapprouver, mais selon moi il n'est pas seul responsable de ses actes.

– La faute à la société ? questionna le policier.

– Oui, à une société qui a placé l'esprit de compétition au cœur de tout et a fait du sexe un marché comme un autre. Il ne peut pas rivaliser, alors il se débrouille...

– Si c'est lui, l'imaginez-vous commettre des actes plus graves ?

– Non, répondit Jocelyne avec assurance. Je le connais depuis vingt ans, on a acheté en même temps à un moment où les prix étaient raisonnables. Pierre-Yves est du genre économe, il n'est pas comptable pour rien. Acheter ici, c'était un peu une revanche sociale ; une façon de s'élever, de mettre du beau dans sa vie.

– Merci, mesdames, pour ces précieuses informations. Je vous laisse ma carte, au cas où. Vous pouvez m'appeler à toute heure du jour et de la nuit, précisa le capitaine, non sans jeter un regard appuyé à Clémentine.

– On n'y manquera pas, capitaine. Mais je ne pense vraiment pas qu'il ferait du mal à une mouche, insista Jocelyne.

– Nous verrons bien. De toute façon, à ce stade, rien ne prouve encore que c'est lui. Nous allons poursuivre l'enquête de voisinage et on essayera de le choper en flagrant délit. J'ai donc une dernière petite faveur à vous demander : pas un mot de ma visite, et ne modifiez rien dans votre comportement à son égard. S'il se sent observé, il sera plus difficile pour nous de mettre un terme à ses actes.

– Message reçu, mais ne le jugez pas trop vite. Vous, avec votre joli minois et votre métier, vous ne devez pas avoir de mal à mettre des filles dans votre lit. Ma main à couper que vous êtes même du genre à vous en vanter, je me trompe ? dit Jocelyne sur un ton peu aimable.

– Ce n'est pas le sujet, madame, trancha Sterling, légèrement agacé. Merci encore de m'avoir consacré un peu de temps. Dernière chose : savez-vous où habite sa mère ?

– Sarcelles, je crois, répondit Clémentine. Elle porte le même nom que lui. C'est elle qui l'a reconnu, le père a disparu quand il a appris la grossesse de sa petite amie. Dans mon souvenir, son prénom c'est Ghislaine. Mais tout le monde l'appelle Gigi, son nom de scène.

– Merci, mademoiselle, ce fut un plaisir.

– Pas de quoi, capitaine. Je n'ai fait que mon devoir, dit Clémentine en souriant.

– Et la police vous en est reconnaissante. Croyez-le bien.

– Désolée d'interrompre les roucoulades, mais j'ai à faire, trancha Jocelyne, sur le point de refermer sa porte. Je vous souhaite une bonne journée.

Une fois dans la cour, Sterling salua Clémentine, avec l'espoir qu'ils n'en resteraient pas là. Il avait du reste noté son numéro de téléphone sous un prétexte quelque peu fallacieux – elle correspondait au profil des victimes, etc., etc. Quant à son plan, il en était plutôt content. Son injonction au silence était un vrai coup de bluff, comme il aimait en faire au poker. Soit les deux femmes respectaient sa requête et il pourrait continuer à surveiller ce Pyl à sa guise, soit elles lui relataient sa visite… et étant donné son arrestation récente il y avait fort à parier qu'il ne se manifesterait pas pour autant. Quoi qu'il arrivât, Sterling était décidé à maintenir sa surveillance. Malgré les témoignages des voisines, il était toujours convaincu de tenir une piste en la personne de Pierre-Yves Lemaître.

C'est avec cette idée en tête et le sourire aux lèvres qu'il pénétra dans son bureau, quinze minutes plus tard. Sourire qui s'effaça rapidement quand il entendit le commissaire grommeler :

– C'est à cette heure-ci qu'on arrive, capitaine ? Dois-je vous rappeler que vous avez trois meurtres à résoudre et pas la moindre piste ?

– Non, commissaire, je n'ai pas oublié et, pour tout dire, ça occupe quatre-vingt-quinze pour cent de mes pensées.

– J'en suis fort aise. Mais pour quels résultats, capitaine ?

– Cette obsession va finir par payer, commissaire, je le sais. Pour être encore plus efficace, je vais faire appel à une psychologue qui pourra éclairer la personnalité du tueur. Je vous tiens au courant à la moindre avancée.

– Le plus vite sera le mieux… avant qu'il ne récidive. D'autant plus que nous avançons désormais à découvert, lâcha Roussof en balançant un exemplaire du *Parisien* sur le bureau de son capitaine.

Le journal titrait : *Un serial killer tue des femmes à Paris*. Sterling en resta bouche bée.

– Lisez l'article, tout y est : les lieux, les noms, l'arme du crime… Pour une fuite, c'en est une belle. La vanne est ouverte, il va falloir contenir la vague. Et ça, c'est votre job, Sterling, éructa Roussof avant de tourner les talons.

Le commissaire à peine sorti de son champ de vision, Sterling repensa à sa visite du matin et au petit monsieur qu'il avait en ligne de mire.

Son intuition lui commandait de poursuivre et il s'exécuterait. Pression hiérarchique ou pas. Il était en pleine réflexion quand Jojo fit son entrée :

– J'ai une bonne et deux mauvaises nouvelles. Les gars du labo ont appelé : il n'y a qu'un seul ADN sur le bout de gant retrouvé entre les dents de la Chinoise des Maréchaux, c'est celui de la victime. Idem pour la perruque.

– Et la bonne nouvelle ?

– La bonne nouvelle, c'est que la matière du gant n'est pas commune. Il est en cuir de pécari. Selon le labo, c'est très facilement reconnaissable parce que les poils de cette espèce de cochon sauvage d'Amazonie poussent d'une telle façon que ça laisse une empreinte caractéristique sur le cuir. Et…

– Du cuir de pécari ?

– Oui. Tu connais ?

– Bien sûr. De quelle couleur ?

– Noir.

– OK. Continue.

– Je disais donc que c'est tellement rare et haut de gamme que seule une dizaine de magasins en vendent sur Paris. Il y a la maison Fabre, Guanti, Hélion…

Jojo se tut et regarda son capitaine, l'air content de lui. Il s'attendait à un satisfecit et dut se contenter d'un regard dans le vague. Sterling finit par dire :

– Bon, organisez-vous pour les faire tous dans la journée. Je te laisse commander les opérations : on ne sait pas ce qu'on cherche, va falloir la jouer finement. Vu ses crimes, il est dans l'obsession du contrôle et de l'image qu'il renvoie. C'est peut-être un maniaque et un coquet. Pas exclu que ce soit un client fidèle et exigeant. Allez, au boulot. On n'a plus de temps à perdre : la presse nous colle aux fesses, ajouta-t-il en montrant le journal.

Devant l'air dépité du lieutenant, le capitaine enchaîna :

– On fait le point demain. Moi, j'ai besoin de m'imprégner à nouveau des différentes scènes de crime. Il suit peut-être un parcours… ou une logique qui nous échappe encore. Il faut qu'on le cerne, qu'on l'accule, qu'il nous sente à ses basques…

– Oui, capitaine ! scanda Jojo, presque solennel.

– Et n'oublie pas de dormir la nuit, tu as l'air épuisé, conclut Sterling, l'air grave.

– Un tournoi de belote qui a fini tard, désolé.

– Va falloir que je t'initie au poker, un jour. La belote, c'est un peu dépassé, non ?

– Peut-être. Mais j'y jouais petit avec mes parents. Je perpétue une tradition familiale.

– Je m'incline. La tradition familiale, ça ne se discute pas.

Sterling prit son casque et ses gants de moto et quitta les lieux. Il se rendit d'abord sur les quais, y resta un long moment, puis repartit en direction du 5e arrondissement, dans la ruelle où Lou Cohen avait perdu la vie, avant de finir sa tournée macabre sur les Maréchaux. Trois lieux très différents, mais avec un point commun : ils étaient tous situés rive gauche et tous du ressort du 3e DPJ. Autre coïncidence… se demanda subitement Sterling. Ou pas.

# 21

*Deviens ce que tu es.*

Pindare

Depuis son arrestation, Pyl marchait dans la rue, tête baissée, cherchant à se faire le plus discret possible. Comme s'il avait été marqué d'infamie. Régulièrement, il frottait ses vêtements d'un revers de la main, pour tenter d'enlever ce signe d'opprobre visible de lui seul. Au lieu d'un *A* pour « adultère », c'était un *F* qu'il lui semblait porter, telle une lettre écarlate. Croisant par inadvertance le regard de certains passants, il se persuadait d'y lire de la désapprobation, voire du mépris. Quelque chose dans son comportement devait trahir sa honte, suinter l'ignominie.

En quelques secondes, Pyl avait pris conscience de la laideur de ses actes et surtout de leur impact possible sur les femmes qu'il avait croisées. Jamais il n'avait réfléchi au désagrément provoqué. Sa dernière victime et les deux femmes flics lui avaient soudainement renvoyé une image qu'il avait jusque-là superbement ignorée. Et dans cette glace qu'il se tendait désormais à lui-même, le visage accusateur de sa mère apparaissait régulièrement. Cette faute, il avait envie de la partager avec elle.

Le lendemain de sa mésaventure, il n'était pas allé travailler, optant pour un repli stratégique, presque animal. Prétextant un problème gastrique, il avait passé la journée allongé sur son lit, à remuer des pensées négatives et des réflexions existentielles. Qu'allait-il devenir ? Comment réparer ? Pouvait-il se passer de ces instants délicieux que lui avait procurés le frottement ? Et sinon, par quoi les remplacer ?

De retour au travail, il s'adonna à la tâche de façon compulsive, ne faisant aucune pause, l'antidote le plus efficace contre l'autoflagellation.

Ce jour-là, dans son box qui lui tenait lieu de bureau, il avait reçu la visite de son boss venu le féliciter pour son assiduité et son sérieux. Un petit rayon de soleil dans cette profonde obscurité.

Le soir, seul chez lui, il eut le sentiment de mieux respirer. Ce regard positif porté sur sa personne lui permit de visualiser un chemin et une première marche pour l'atteindre. Posant virtuellement le pied dessus, Pyl lâcha le martinet mental qu'il tenait bien serré dans sa main depuis plusieurs jours. Premier geste salvateur, qui lui fit beaucoup de bien. Une fois posé le deuxième pied, il commença à raisonner autrement. Comment devenir acteur de sa vie ? Tel était l'enjeu. Et pour y parvenir, le point de départ de sa réflexion ne pouvait pas être la condamnation morale de la société ou le poids de la culpabilité qui lestait ses épaules. Non, Pyl devait partir de lui, sans rien esquiver, sans éviter les recoins obscurs et les idées bizarres. Une amie psy de sa mère lui avait dit un jour : « Aucune pensée n'est condamnable. Seul le passage à l'acte peut l'être. » Fort de ce passe-droit, Pyl entreprit un voyage intérieur. De temps à autre, il se levait pour surfer sur Internet, regarder des sites pornos, puis se reconfigurait en mode introspection. Cette plongée en lui-même lui procura un plaisir certain, comme un souffle de liberté qui lui ouvrait des horizons insoupçonnés. Chercher son identité, mener des expériences pour assumer peut-être sa personnalité profonde jusque-là ignorée et s'épanouir sexuellement, telle était désormais sa feuille de route. Il le méritait tout autant que les autres, se répétait-il comme un mantra, soudain convaincu que cette arrestation avait provoqué un déclic salutaire.

En sortant de chez lui le lendemain matin, Pyl sifflotait, content d'aller travailler et se réjouissant du programme pour la soirée qu'il s'était concocté : une petite virée au bois de Boulogne.

# 22

*Jamais la psychologie ne pourra dire*
*sur la folie la vérité, puisque c'est la folie*
*qui détient la vérité de la psychologie.*

Michel Foucault

En poussant la porte du dernier gantier figurant sur leur liste, Frédéric Picot et Joël Bertin sentaient flotter le parfum du découragement. Ils avaient fait chou blanc dans les neuf autres boutiques et ne voyaient pas bien comment un autre scénario aurait été possible. « Nous recherchons un individu de sexe masculin ayant pu acheter ce modèle de gants chez vous. Est-ce que vous auriez remarqué parmi vos clients un comportement suspect ? » En posant la question, les deux lieutenants avaient toutes les peines du monde à croire sérieusement à une réponse susceptible de les mettre sur la piste du tueur. Inévitablement, les commerçants avaient tous demandé plus de précisions : quel type de comportement ? Quand aurait-il effectué ses achats ? etc. Peu inspirés, les policiers s'étaient contentés de donner les indications que Sterling leur avait soufflées : « La personne recherchée est sans doute un de vos fidèles clients. Coquet, voire maniaque, il attache de l'importance à son apparence. Ça le rend exigeant. » En prononçant ces phrases, Bertin et Picot avaient lu la même expression dépitée sur le visage de leurs interlocuteurs.

Le gantier de la rue Tronchet ne ferait sans doute pas exception. Ils poussèrent néanmoins la porte de la boutique et furent accueillis par un « Bonjour, messieurs ! » des plus chaleureux : d'origine italienne, gantier de père en fils, Roberto Calvi était un homme d'une soixantaine d'années, petit, rond et sympathique. Parlant le français avec un léger accent, il expliqua d'abord aux policiers que la ganterie était un art en voie de disparition et que des artisans comme lui, il n'en existerait bientôt plus sur la surface de la Terre. Les deux lieutenants acquiescèrent sans broncher et essayèrent de recentrer la discussion sur l'objet de leur visite :

– La personne que nous recherchons est certainement très au fait de la qualité de votre travail. Peut-être même que son père était déjà client et qu'elle perpétue une tradition en venant chez vous ? tenta Bertin.

– Les gants en pécari noir, c'est un modèle cher et classieux. Il est arrivé que des pères les achètent pour leurs fils comme le symbole d'un passage à la vie d'adulte. J'ai déjà entendu des messieurs dire à leurs enfants : « C'est un signe distinctif d'élégance et de maturité. Il faut que tu te comportes comme un homme, désormais. »

– Avez-vous souvenir d'un père et d'un fils en particulier ?

– J'en ai plusieurs en tête. Pour la plupart, les jeunes gens ne sont jamais devenus clients chez moi. Mais il y a eu des exceptions.

Le gantier s'interrompit soudain, perdu dans ses pensées. Au bout de quelques secondes, il reprit, avec de la tristesse dans la voix :

– Mon père aurait pu vous répondre bien mieux que moi, il connaissait pratiquement tous ses clients par leurs nom et prénom. On a moins ce type de rapports, aujourd'hui… C'était une autre époque. Malheureusement, il est mort l'année dernière. Paix à son âme.

– Désolé de l'apprendre, monsieur Calvi. Mais… peut-être que votre père vous relatait des anecdotes sur vos clients ?

– Oui, ça lui arrivait. À dire vrai, j'écoutais d'une oreille. Je trouvais qu'il radotait un peu, surtout à la fin de sa vie. Maintenant qu'il n'est plus là, je donnerais cher pour l'entendre à nouveau me raconter ses histoires. Il faut profiter de ses parents tant qu'ils sont là, messieurs, croyez-moi.

– Vous avez raison, rétorqua le lieutenant Picot d'une voix douce.

Avant de s'en aller, il décida de tenter une dernière incursion dans la mémoire du gantier :

– En y réfléchissant encore un peu, rien ne vous revient sur un fils qui serait à son tour devenu un client régulier et particulièrement exigeant ?

– Eh bien... oui, ça me rappelle vaguement quelque chose. Un soir, peu de temps avant sa mort, mon père m'a dit : « Aujourd'hui j'ai eu la visite du petit... » Malheureusement, son nom m'échappe. Il était venu acheter sa marque favorite – je ne pourrais pas être plus précis – et il avait fait toute une histoire parce qu'il avait trouvé un vague défaut sur l'un des gants. Ça avait vexé mon père au plus haut point. Ça ne vous aide pas beaucoup...

– C'est un début, le rassura Bertin. Cela vous permettra peut-être de reconnaître cet individu s'il revient acheter des gants ici. Nous savons que la dernière paire a été endommagée, il pourrait bientôt réapparaître. Dans ce cas-là, notez bien son nom et appelez-nous dans la foulée.

– Je n'y manquerai pas, assura le gantier tout en parcourant du regard la carte que Jojo venait de lui tendre.

Une fois dans la rue, les deux lieutenants se félicitèrent de leur visite. Rien de concret et surtout rien de tangible, car pousser une gueulante dans un magasin ne constitue pas en soi la preuve irréfutable qu'on est un tueur. Ou alors nombre de Français croupiraient en prison. Néanmoins, l'instinct de Sterling les avait amenés jusque-là et ils étaient assez enclins à lui faire confiance.

Arrivés au 3e DPJ, Fred et Jojo trouvèrent toute l'équipe rassemblée pour un débriefing sur l'enquête.

– On n'attendait plus que vous ! lança Sterling aux deux lieutenants. Vous avez déniché quelque chose ?

En écoutant le résumé de leur pérégrination de gantier en gantier et son épilogue, Sterling fut pris d'un malaise grandissant. Il connaissait bien la boutique de la rue Tronchet et se demanda soudain si les éléments qu'il avait communiqués à ses lieutenants ne le désignaient pas, lui. Le capitaine choisissait minutieusement certains de ses équipements. Il en allait ainsi de son scooter et des accessoires qui allaient avec, mais aussi de ses gants de ville en cuir de pécari qu'il portait dans certaines occasions. Autant de signes extérieurs que le style était travaillé et l'élégance un vrai sujet de préoccupation. Mais, outre son inconscient qui lui jouait peut-être un sale tour, Sterling se remémora ce qu'il avait ressenti quand il avait fait le tour des scènes de crime. Les lieux pointaient tous vers le 3e DPJ, et cette fois les gants pointaient vers lui.

Un bruit de toux le sortit de sa torpeur et il enchaîna :

– Je vous ai tous réunis pour que nous écoutions les conclusions de Magali Androssian, psychologue de son état, sur la personnalité de notre tueur. Je lui ai demandé son avis afin de mieux orienter nos recherches, de comprendre ce qui le motive, de cerner sa psychose… Comme je vous l'ai déjà dit, il faut que nous entrions dans sa tête. Madame Androssian, nous sommes tout ouïe.

– Bonjour à toutes et tous. Je tiens à dire avant tout que je ferai de mon mieux pour vous aider dans cette enquête, glissa la psychologue en préambule, soucieuse d'établir un lien de confiance avec la brigade.

Petite brune aux yeux noisette, habillée en jean-baskets, la jeune femme semblait assumer pleinement un look et une attitude de garçon manqué. Elle inspira d'emblée de la sympathie à Sterling, qui s'imagina boire des coups avec elle en lui tapant dans le dos. Un bon pote dans un corps de femme, un rêve, se dit-il en l'écoutant se présenter.

– J'ai donc étudié le dossier que m'a transmis le capitaine sur les trois meurtres. Si c'est l'œuvre d'une seule et même personne – sur ce point je crois que nos avis convergent –, nous pouvons commencer à parler d'un tueur en série. Quelles sont les caractéristiques qui sautent aux yeux ? Je dirai tout d'abord qu'il semble faire preuve d'un grand contrôle et d'une assurance certaine. Il a assassiné sa première victime non loin d'une foule, les autres dans des rues peu fréquentées la nuit mais où il n'était pas à l'abri d'un flagrant délit. Au vu des premières conclusions, je dirai qu'il tue au hasard des femmes qui lui sont inconnues mais avec des caractéristiques communes : elles sont toutes blondes – même si l'une d'entre elles avait une perruque –, toutes plutôt menues, et toutes âgées d'une trentaine d'années. Cela interroge sur son mobile, son « étiquette », comme disent les spécialistes. Je penche pour la domination, mais étant donné l'arme utilisée on pourrait être dans la vengeance contre un type de femme qui lui rappellerait une personne de son entourage. C'est en tout cas une des clés de l'affaire et un des points flous à ce stade. Ce n'est pas le seul. En général, les tueurs organisés attachent leurs victimes, puis, une fois l'acte commis, transportent les corps et les cachent. On peut dire qu'il a fait disparaître celui d'Hélène Messan en le jetant dans la Seine, mais à vrai dire il n'avait pas d'autre choix s'il voulait sauver sa peau. C'est donc un tueur organisé qui, par certains aspects, correspond également à la définition du tueur inorganisé – corps laissés en évidence, sur les lieux des crimes notamment. Concernant le profil psychologique, aucun doute selon moi : c'est un criminel psychopathe, qui tue de sang-froid, sans remords, et qui recommencera. Je ne peux pas en dire beaucoup plus, j'en resterai donc là. Mais évidemment je continue à suivre l'affaire pour affiner mes conclusions au fur et à mesure. Je finirai mon petit topo en vous livrant mon sentiment : nous avons affaire à un personnage complexe. Je l'imagine socialement intégré, même s'il ne nourrit que des sentiments superficiels à l'égard de ses congénères. Il n'y a aucune agression sexuelle, je ne pense donc pas qu'il faille chercher du côté des délinquants de ce type ou des déviants…

– Vous en êtes sûre ? l'interrompit brutalement Sterling.

– Sûre, non, capitaine. Intimement convaincue, oui.

– Nous avons pris bonne note de tout ce que vous nous avez dit, madame Androssian, commenta Sterling. Merci beaucoup d'avoir été si réactive et de nous avoir fait part de vos premières conclusions. Restons en contact et croisons les doigts pour qu'il commette une erreur.

– Cela impliquerait un quatrième meurtre. Ce n'est pas à espérer non plus, réagit Roussof.

– Bien sûr que non, commissaire, grinça Sterling. J'ai une dernière question : selon le médecin légiste, les quatre coups de couteau portés à Lou Cohen et Hélène Messan pourraient représenter la forme d'une croix. Un pur hasard, vous croyez ?

– Non, ces tueurs ne laissent en général rien au hasard. Une croix peut avoir plusieurs sens : une forme d'expiation, un schéma mental qui l'aide à passer à l'acte. Il a certainement des rites. Celui-là en fait sans doute partie.

– J'ai également une question…

Jojo avait levé le doigt comme à l'école, ce qui fit sourire ses collègues.

– Est-ce que le fait que l'affaire soit sortie dans la presse va avoir une incidence sur ses actes, dans un sens comme dans l'autre : sachant qu'on a fait le lien entre les meurtres, il peut prendre peur ; ou, au contraire, être sous les feux de la rampe peut-il accroître son plaisir et l'inciter à accélérer la cadence ?

– C'est une bonne question. Les deux sont en effet possibles. Je pense néanmoins que si la domination et le contrôle sont bien au cœur de sa démarche, ça va plutôt l'inciter à continuer, voire à réduire encore le temps entre deux meurtres. On peut s'attendre à ce qu'il intensifie le rythme.

Les dernières paroles de la psy furent suivies d'un silence de mort, interrompu par la sonnerie du téléphone de Roussof, qui décrocha en ponctuant son geste d'une grimace.

Après quelques secondes de silence, il finit par répondre d'un ton sec :

– Nous parlerons à la presse quand nous aurons des choses à dire. Pas la peine d'insister.

Son interlocuteur tenta un dernier argument pour le faire plier, mais face à son mutisme il finit par se lasser et le commissaire raccrocha.

– Vous êtes témoins de la pression médiatique qui enfle. Un quatrième meurtre et on ne les tiendra plus. Nous nous sommes bien compris ? interrogea Roussof en regardant chacun des membres de la brigade dans les yeux.

Ce qui lui valut un unanime « Oui, patron ! ».

Sterling salua la psy et partit s'enfermer dans son bureau pour digérer ces toutes dernières informations. Il opéra mentalement une synthèse, s'efforçant de séparer l'essentiel du superflu, ce qui pouvait leur être utile à ce stade de l'enquête et ce qui risquait de polluer leur cerveau. Il se mit à chercher parmi les enquêtes de ces dernières années qui pouvait lui en vouloir personnellement. Les criminels croupissaient encore en prison, mais ils avaient tous des familles, des complices, des amis qui avaient pu se transformer en vengeur masqué. Il repensa à Simon Keller. Son arrestation avait suscité pas mal de remous dans le quartier. Peut-être fallait-il y refaire un tour pour évaluer les stigmates laissés par cette affaire et traquer les rancuniers que leur haine envers les forces de l'ordre aurait pu inspirer.

Ses pensées furent interrompues par la lieutenante Justine Perrault. La brigade était appelée en renfort pour l'arrestation d'un groupe de voleurs à la tire. Le capitaine délégua à son équipe la gestion de l'affaire et s'en alla, sans omettre de vérifier que sa cigarette électronique était opérationnelle. Une fois dans la rue, il acheta à la boulangerie du coin un sandwich, un Coca et des M&M's, puis enfourcha son scooter. La planque pouvait commencer.

# 23

*Le sexe apaise les tensions,*
*l'amour les provoque.*

Woody Allen

À 18 heures, Sterling s'arrêta près de l'entrée de l'immeuble de Pierre-Yves Lemaître. Assis sur son scooter, le casque sur la tête, il regarda son portable pour ne pas attirer l'attention. Ce surplus de précaution s'avéra inutile : la plupart des gens passaient à ses côtés sans lui jeter le moindre regard. Une planque, on sait quand ça commence, jamais quand ça finit. Le capitaine tua le temps en jouant à des jeux sollicitant plus ou moins son intelligence. Après avoir épuisé ses cinq vies à Candy Crush, il ouvrit l'appli Pretender. Il fit à nouveau défiler les profils et s'aperçut qu'il en cherchait un en particulier, celui de Clémentine. Il laissa rapidement tomber.

Une heure environ après avoir garé son scooter rue du Château, le capitaine vit enfin

Pyl s'engouffrer dans sa rue, passer à côté de lui et entrer dans son immeuble. Habillé en costume-cravate, il revenait certainement du travail. Rien ne laissait présager qu'il allait ressortir. Sterling décida pourtant de rester. Si ce petit monsieur avait d'autres passe-temps que celui pour lequel on l'avait arrêté, la nuit devait en être le témoin. Il sortit le sandwich et la cannette de son sac à dos et commença à manger.

À peine avait-il ouvert le paquet de M&M's qu'il vit Pyl ressortir de chez lui, dans une tenue beaucoup plus décontractée. Il partit à pied et le flic se mit discrètement à le suivre, toujours sur son scooter. À quelques rues de là, le comptable entra dans un parking. Trop risqué, pensa Sterling. Il alla demander au gardien s'il y avait plusieurs sorties et à son grand soulagement apprit que c'était la seule. Il se mit un peu à l'écart et attendit que Pyl ressorte. Celui-ci réapparut au volant d'une Clio bleue qui devait avoir pas mal de kilomètres au compteur. Sterling se mit derrière lui à bonne distance, pour ne pas le perdre de vue ni risquer de se faire remarquer.

Une demi-heure plus tard, ils entrèrent tous deux dans le bois de Boulogne. Bingo ! pensa Sterling, un sourire au coin des lèvres. Pyl sembla se perdre un peu dans les allées, puis finit par trouver son chemin. Il stoppa son véhicule et n'attendit pas très longtemps avant que deux « jeunes femmes » ne lui proposent leurs services.

Sterling, non loin de là, observait la scène. Pyl finit par faire son choix et une blonde perchée sur des talons de quinze centimètres s'assit à ses côtés.

– Un travelo... et blonde en plus ! commenta Sterling à voix haute, comme pour mieux se convaincre de la véracité de la scène à laquelle il assistait.

La voiture avança de quelques mètres pour se garer dans un coin moins passant. La pipe dura en tout et pour tout cinq minutes et le travesti ressortit de la voiture au bout de sept, après avoir pris son argent, l'avoir plié et soigneusement planqué. Sterling observa attentivement la créature. Pyl, lui, ne demanda pas son reste et repartit en trombe. Sterling décida d'abandonner la filoche et retourna dans l'une des allées du bois. À un jeune homme venu s'enquérir de ses désirs, il demanda juste qu'on lui amène Stefan.

– J'ai besoin de lui parler, dit-il.

Dix minutes plus tard, le Roumain fit son apparition.

– Capitaine, ça fait longtemps ! s'exclama Stefan, l'air enjoué.

– Comme tu dis. On se serait presque manqué, pas vrai ?

– Mais oui, je pense à vous souvent, minauda son interlocuteur.

– Comment ça se passe, par ici ?

– La routine. On arrive à survivre. Mais on est de plus en plus nombreuses, ça fait des bagarres.

– J'imagine. Dis-moi, comme tu as toujours été un bon indic, y a pas de raison que tu aies perdu la main, n'est-ce pas ?

– Pas de raison, non. Je peux faire quoi pour vous ?

– À l'instant, y a un mec dans une Clio bleue qui vient de se faire sucer par un travelo, perruque blonde, hauts talons, jupe courte violette et haut rouge pailleté. Renseigne-toi pour savoir si ce client traîne souvent par ici, s'il a déjà posé des problèmes ou fait des demandes qui sortent de l'ordinaire. Tu vois le topo ?

– Je vois. Je me rencarde et je vous appelle. Ou je passe vous voir ?

– Tiens, pour ta peine, cousin, se contenta de répondre Sterling en glissant un petit billet dans la poche de jean du jeune homme. Et fais attention à toi. La rue, c'est plus ce que c'était.

– Rien ne vaut le grand air, capitaine.

– Si tu le dis, fiston.

Sterling ne mit pas longtemps à regagner ses pénates. Une fois chez lui, il caressa Hans, qui ronronna fortement. Puis il prit une longue douche avant de se coucher, sali par le spectacle peu ragoûtant auquel il avait assisté. Ce Pyl suscitait chez lui un dégoût profond qu'il avait un peu de mal à s'expliquer. Il n'était pas homme à porter un regard moraliste sur les goûts sexuels des uns et des autres. La quête obsessionnelle du plaisir lui inspirait même une certaine compassion. Mais pas pour Pyl.

Après avoir parcouru quelques pages de *Soumission* de Houellebecq, il s'endormit rapidement et fut réveillé à 6 heures par un texto de Stefan : *Homme jamais vu ici. Première fois. RAS.*

# 24

*La peur de l'ennui*
*est la seule excuse du travail.*

Jules Renard

Assis dans la salle de réunion de son entreprise, Pyl avait l'esprit ailleurs. Entouré de ses collègues qu'il écoutait d'une oreille, il repensait à son activité nocturne de la veille. Un sourire se dessina sur son visage au souvenir de la « blonde » qui lui avait fait une gâterie, et surtout de sa surprise lorsqu'il avait découvert ce qui se cachait derrière la perruque. Il n'avait pas trouvé le moment désagréable pour autant. Une nouvelle piste à explorer, s'était-il dit.

– Monsieur Lemaître, vous êtes avec nous ? l'interpella son supérieur, un jeune cadre dynamique aux dents longues et au sourire travaillé.

– Bien sûr, monsieur Ratier.

– Tant mieux. Je vous rappelle que nous devons prioriser en urgence nos objectifs, en fonction des prérequis que le siège vient de nous envoyer. Je voudrais que chaque service se positionne sur ce point. Gregory Colin, du pôle stratégie, a « pédéhéfié » (le terme était accompagné d'un geste signifiant « à mettre entre guillemets ») un document que vous avez tous reçu dans votre boîte mail. Est-ce que vous avez des questions ou des remarques à formuler à ce sujet ? Si oui, parlez maintenant ou taisez-vous à jamais.

Pyl fut pris d'une envie irrépressible de rire en écoutant le topo de son chef. Il résista à la tentation tout en veillant à afficher un air concentré et concerné.

– Bon, puisque c'est clair pour tout le monde, au boulot. Sylvain, je parle sous ton contrôle, mais notre échéancier est serré. Je veux donc votre feed-back d'ici la fin de la semaine. Aucun retard ne sera toléré, la direction m'a confié le pilotage de cette opération, pas question de louper le coche. En résumé, soyez focus. Sur ce, messieurs-dames, passez une bonne soirée.

Une fois à son bureau, Pyl rassembla ses affaires et quitta l'entreprise d'un pas décidé. Le matin même, il avait prévenu Gigi qu'il passerait la voir. Arrivé à Sarcelles par le RER puis le tram, il se dirigea lentement vers l'immeuble que sa mère occupait depuis des décennies, un HLM situé au cœur d'une cité dite « sensible ». Avec la rénovation urbaine, quelques magasins avaient rouvert leurs portes, apportant un peu de vie à ces zones sinistrées. À chaque visite, il se félicitait d'avoir pu s'extraire de ce coin paumé dans lequel il avait grandi, tout en culpabilisant un peu d'y laisser sa mère. Pyl, c'était l'incarnation de l'ascension sociale et de son paradoxe : comment s'en réjouir sans donner le sentiment de trahir sa caste d'origine ? Un dilemme qu'il avait réussi à dompter, non sans difficultés, mais avec l'aide précieuse de sa mère qui, en le traitant mal, avait facilité la mise à distance de la culpabilité.

Sur le palier, Pyl prit un grand bol d'air et rassembla le courage nécessaire pour affronter sa génitrice, jamais avare de vacheries en tout genre.

– Gigi, c'est moi ! cria Pyl, après avoir entendu les pas de sa mère s'arrêter derrière la porte.

Cela faisait belle lurette qu'il ne l'appelait plus « maman », preuve irréfutable que le cordon était irrémédiablement coupé.

Lorsqu'elle l'ouvrit, Pyl fit son entrée dans un deux-pièces-cuisine meublé jusqu'à ras bord – on aurait pu y tourner un film se déroulant dans les années 1970 sans rien y changer. À chaque visite, Pyl était envahi d'un sentiment mêlant nostalgie et dégoût face à ce trop-plein. Comme si les objets avaient pris le pouvoir sur la vie, l'inconnu et l'inattendu. Plus aucune place pour le présent ou l'avenir, tout ici rendait hommage au passé.

– Bonjour, Pierre-Yves, finit par répondre sa mère, l'air peu aimable sous son maquillage.

À près de 80 ans, Ghislaine Lemaître tenait encore à quelques coquetteries. Ancienne meneuse de revue, elle avait été une très jolie femme. Il en restait quelques vestiges, comme ses yeux vifs d'un bleu éclatant qu'elle fardait à outrance. « Faut bien que ça se voie à travers les lunettes », expliquait-elle. Les cheveux teints en blond, elle mettait un soin tout particulier à les coiffer en chignon, comme Brigitte Bardot, son idole – surtout ne pas dire à Ghislaine que BB avait mal tourné, elle en devenait rouge de colère. Toujours en robe, elle les aimait colorées et froufrouteuses. Peu lui importaient les moqueries et l'état parfois miteux des robes en question. Gigi s'en foutait. Elle avait été quelqu'un dans le milieu du music-hall et elle tenait à ce que ça se sache.

– Qu'est-ce qu'il y a, tu as l'air contrariée, finit par lui demander Pyl.

– Il y a que le bailleur me réclame une somme indue pour payer des charges – le mot est bien choisi, tiens –, et entre toi et moi, même en me frottant les mirettes, je vois pas bien où passe l'oseille quand je prends l'escalier ou l'ascenseur. Hier, j'ai dû appuyer sur le bouton d'étage avec ma clé, de peur que mon doigt reste collé, tellement c'était dégueulasse. Tsss… aucun respect des parties communes, de nos jours.

– Il te réclame combien, le bailleur ? Je peux payer si tu veux.

– Pas question, je fais pas l'aumône, moi, mônsieur. Et c'est pas parce que tu habites les quartiers cossus de la capitale que tu vas me prendre en pitié.

– Gigi… tu sais bien que c'est pas de la pitié. Si je peux te rendre service, c'est de bon cœur, c'est tout.

– Ouais, ben, mon palpitant, il s'emballe quand je t'entends parler comme ça. Je m'en suis toujours sortie toute seule, la tête haute, y compris quand ton salaud de géniteur s'est fait la malle, c'est pas maintenant que ça va s'arrêter.

– OK, OK ! Fais comme si j'avais rien dit. Et à part ça, comment tu vas ?

– Ça va comme une vieille qui a mal partout et qui se demande quand tout ça va finir. Ce putain de bon Dieu met beaucoup trop de temps à me rappeler à lui. Enfin, si j'avais des petits-enfants, ça m'occuperait. Mais bon, faut se rendre à l'évidence, c'est pas pour demain, vu le nombre de gonzesses que tu me ramènes.

– Ouais et ben ça pourrait changer !

– Mais encore ?

– Mais encore, rien.

– Tu aiguises ma curiosité. D'autant plus que je te trouve l'air réjoui, pas très courant chez toi qui d'habitude cultives la mine sombre du comptable. Attends, mais… je rêve ou tu as même mis du sent-bon !? Ça me change de l'odeur de naphtaline que tu empestes la plupart du temps.

Gigi se mit à inspecter son fils puis finit par prononcer la sentence :

– Pierre-Yves, tu ferais presque plaisir à voir.

– Merci, Gigi. Ça fait bien longtemps que tu ne m'avais pas dit un truc aussi gentil.

– Ouais, t'emballe pas trop non plus. Les embellies sont de courte durée dans le coin. Et vu mon âge, y se passe pas une semaine sans mauvaise nouvelle. J'ai appris hier la mort de Cathy, l'une de mes ouvreuses préférées du temps de la belle époque. Vraiment, fait pas bon vieillir... Je pourrais tenir la rubrique nécrologique du *Parisien* à moi toute seule.

– C'est de ta faute aussi, tu devrais essayer de te faire de nouvelles relations dans le quartier. Y a pas une association où tu pourrais aller l'après-midi, pour jouer aux cartes ou bavarder ?

– Bavarder avec des vioques comme moi ?! Tu veux accélérer le générique de fin ou quoi ? Tu lorgnerais pas sur l'héritage, des fois ? Je me demande bien ce que tu feras de toutes mes robes quand je serai au paradis des artistes...

– Ben, je les porterai, pardi !

Après quelques secondes de stupéfaction, Ghislaine éclata d'un rire franc et sonore, suscitant chez Pyl un sentiment de joie et de satisfaction. Ses bonnes résolutions semblaient faire effet, même sur sa mère. Un encouragement à poursuivre.

De retour chez lui, il alluma directement son ordinateur et se connecta sur le site Recueilleunhomme.fr. Il remplit consciencieusement sa page de présentation, mit une photo – la plus avantageuse qu'il ait trouvée – et commença à regarder les profils de femmes correspondant à ses critères : l'âge (entre 40 et 50 ans) et le lieu de résidence, qu'il avait circonscrit à la région parisienne dans un premier temps. Pas question de jouer les difficiles en filtrant les requêtes sur des considérations physiques (taille, couleur des yeux, etc.) ou stylistiques (chic, décontracté, rock, etc.).

Pyl passa un bout de la nuit à surfer, s'arrêtant sur certaines photos, pas sur d'autres, lisant quelques lignes d'un profil ou la page entière, envoya un nombre important de « clins d'œil », le signal pour dire « Vous m'intéressez », et finit par aller se coucher, satisfait de ses premiers pas sur le marché de la rencontre amoureuse virtuelle.

# 25

*Sur le théâtre du monde [...],*
*je m'avance masqué.*

René Descartes

– Ces samosas, c'est une tuerie, non ?

Sterling était sur le point d'engloutir un de ces petits chaussons indiens quand il avait été interrompu par une grande femme déguisée en Diane chasseresse et portant sur lui un regard appuyé.

Un peu surpris par l'interpellation, il répondit par un « Oui » franc qu'il voulut le plus persuasif possible pour ne pas s'attirer les foudres de la dame. Celle-ci s'assit à côté de lui et le scruta en train de manger. Elle poursuivit :

– Certains disent qu'ils ne sont pas faits maison. Moi, je suis sûre du contraire ! hurla-t-elle dans son oreille.

La bouche pleine, Sterling hocha la tête en signe d'approbation. Le sujet semblait grave et

« Diane » avait l'air convaincue qu'il était un interlocuteur à la hauteur. Vu sa taille et son autorité naturelle, il ne se sentit pas le courage de la décevoir. Quelques minutes plus tard, elle finit enfin par s'éloigner, happée par une fille bourrée qui s'était esclaffée aux premières notes de « Billie Jean ».

Assis sur une chaise, dans un coin du salon d'un duplex parisien, Sterling put continuer à observer la faune qui l'entourait. Incrusté dans cette soirée déguisée – une fête d'anniversaire – par Clémentine Bauman, la voisine de Pyl, qu'il avait fini par rappeler, il ne se sentait pas tout à fait à sa place. Les gens qui se trémoussaient devant lui avaient en moyenne la trentaine et la plupart passaient plus de temps à se mettre de la poudre dans le nez qu'à socialiser. Clémentine l'avait prévenu, non sans minauder : « Si vous voulez me voir ce soir, c'est à prendre ou à laisser. » Il avait pris. Que ne ferait pas un homme pour attirer une jolie nana dans son lit ? Sterling tentait donc de se donner bonne figure, déguisé en dandy du dix-neuvième siècle. Le seul accoutrement qui à ses yeux ne le ridiculisait pas complètement.

Clémentine, elle, n'avait pas regardé à la dépense : elle avait acheté sur Internet un déguisement de déesse hindoue qui lui allait particulièrement bien. Sterling était fasciné par son joli ventre, musclé mais pas trop, gracieusement mis en valeur par un petit diamant qui ornait son nombril.

– Vous ne vous ennuyez pas trop ? lui demanda-t-elle (ils n'étaient pas encore passés au stade du tutoiement), alors qu'il tenait son assiette vide dans une main et sa coupe de champagne dans l'autre.

– Non pas du tout. J'aime bien observer mes semblables.

– Ça ne vous dit pas de danser ?

– Non, je suis un piètre danseur.

– Mais faire la fête, c'est danser ! Ça fait du bien de bouger son corps et de lâcher prise…

Lâcher prise… ce nouveau mantra des pros du développement personnel lui tapait sérieusement sur le système. Lâcher quoi ? Et pour quoi faire ? Ces espèces de recettes miracles données en pâture aux lecteurs de la presse féminine ou de *Psychologie Magazine*, c'est juste de la bouillie pour les chats, pensait-il. Mais dans la bouche de Clémentine, allez savoir pourquoi, l'expression avait une tout autre saveur.

– Lâcher prise, pourquoi pas… mais dans un lit plutôt que sur une piste de danse, s'aventura Sterling.

– Comme vous y allez, capitaine ! Qu'est-ce que vous croyez, je ne suis pas une fille facile…

– Je ne crois rien du tout, mademoiselle Clémentine. Votre timing sera le mien.

– Je préfère ça, monsieur le capitaine. Dans ce cas, je vous propose un premier corps-à-corps rock and roll.

– Si vous y tenez. Mais je vous aurai prévenue : je risque de perdre en quelques secondes le peu de sex-appeal qui me reste.

– Ne vous sous-estimez pas. Je suis sûre que vous avez de la ressource, glissa Clémentine tout en lui enlevant des mains assiette et verre.

Quelques instants plus tard, ils se lancèrent dans une parade amoureuse qui finit par plaire à Sterling. Le champagne aidant, ils dansèrent jusqu'à une heure tardive. Des gigotements en tout genre, parfois interrompus par des discussions loufoques avec des acolytes d'un soir croisés au buffet. Les samosas, maison ou pas, furent engloutis rapidement pour éponger le trop-plein d'alcool. Et, tradition oblige, le gâteau d'anniversaire orné d'une trentaine de bougies fut présenté à la reine de la soirée, qui s'acquitta parfaitement de sa mission : toutes les souffler d'un coup d'un seul, sur l'air – choisi fort à propos par le DJ – du « Happy Birthday » de Stevie Wonder, un hommage à Martin Luther King dont, pour l'heure, tout le monde se foutait. Elle fut copieusement applaudie, puis chaque convive retourna vaquer à ses occupations.

Le champagne vint à manquer sur le coup de 4 heures du matin, mais la bière fit office de lot de consolation. De quoi donner des haut-le-cœur à quelques-uns des invités. Sterling commença à ressentir les premiers effets de la descente. Ce moment où l'ivresse marque le pas, où se dissipent les illusions de la nuit. Il s'était à nouveau assis sur une chaise, regardant ses congénères avec un peu moins de bienveillance que quelques heures auparavant. Clémentine continuait à danser, approchée de temps à autre par des mecs bourrés qui se frottaient quelques secondes à elle en avançant le bassin et en mimant un acte sexuel.

Pathétique, se dit Sterling, la mine soudain renfrognée.

Une jeune femme déguisée en dominatrice, toute de cuir vêtue et jouant avec un fouet qu'elle tenait à la main, s'approcha de lui. Sterling la dévisagea longuement. Elle finit par s'en apercevoir et lui demanda, légèrement agacée, s'il voulait une photo ou une séance en privé. Le policier se leva d'un bond et éructa :

– Vous prenez ça pour un jeu, hein, espèce de petite Parisienne de merde, bourge de mes deux, élevée aux corn flakes et au lait bio ! La violence, vous la voyez dans le journal, vous vous amusez au pieu à vous faire traiter de salope par votre petit copain… et ça s'arrête là ! Mais nous, les flics, on se la prend dans la gueule tous les jours, cette putain de violence ! Et c'est notre boulot de la dissimuler pour que vous puissiez vous gaver de samosas dégueulasses. Nous, la police, pour qui vous n'avez que mépris et ingratitude ! Mais vous savez quoi ? Je vous emmerde, tous autant que vous êtes !

Sterling avait prononcé ces mots d'une traite, sans reprendre son souffle. Le DJ avait arrêté la musique. Les invités avaient cessé de danser. Tous le regardaient, l'air plus abasourdis que furieux. Sterling leur faisait face, tel un taureau prêt à foncer sur des toreros. Clémentine décida de mettre fin au supplice, elle attrapa son sac, prit Sterling par le bras et l'entraîna dehors. Le policier, la main levée, se fendit d'un tonitruant « Salut, la compagnie ! Merci pour les samosas Picard et pour tout le reste ! » et sortit en riant. Une fois dehors, il chercha à embrasser Clémentine qui, le visage fermé, lui dit d'aller se faire foutre. Non sans mal, elle finit par le mettre dans un taxi qui le ramena chez lui.

Le lendemain matin, Sterling n'avait qu'un souvenir nébuleux de la fin de la soirée. Il avait juste constaté qu'il était seul dans son lit et, vu sa gueule dans la glace, s'en était félicité.

# 26

*Toute méchanceté*
*a sa source dans la faiblesse.*

Sénèque

Tous assis autour du tableau retraçant les différents éléments de l'enquête, les flics de la brigade attendaient avec nervosité l'arrivée de Sterling, qui les avait réunis pour faire un point complet. Aucune avancée majeure à signaler ; le capitaine allait être d'une humeur orageuse. Chacun le savait et développait sa propre stratégie pour atténuer le stress. Juliette jouait avec son téléphone, Jojo tournait les pages des différents dossiers à la recherche d'une illumination – démarche qu'il savait parfaitement illusoire –, Thomas regardait fixement le tableau, Fred enlevait le noir sous ses ongles à l'aide d'un ticket de métro, et Justine, bras croisés et pieds sur une chaise, semblait finir sa nuit.

Quand Sterling entra dans l'open space, tous le saluèrent et prirent une pose qui signifiait « On est prêts ».

Le capitaine les observa un à un, puis finit par dire :

– On est dans la merde. Trois meurtres et rien. Ou pas grand-chose. Et ces putains de journalistes qui nous harcèlent. Alors on va tout récapituler ensemble et, dans une heure, je veux qu'on ait au moins un semblant de piste. Chacun votre tour, énoncez ce qui vous apparaît comme l'élément important de chaque affaire. J'ai eu la psy en ligne, elle continue à étudier le dossier mais n'a rien de nouveau à nous apprendre pour l'instant. Bref, la putain de balle n'a pas quitté notre camp et on est infoutus de la renvoyer à ce salopard. Alors, on y va, on se concentre, et ça serait bien le diable si à nous tous on ne parvenait pas à avancer dans un sens ou dans un autre...

Sterling avait prononcé cette dernière phrase avec un peu plus d'intensité. Le capitaine réprimait une frustration qui pouvait se muer en rage à tout moment. Les lieutenants devaient faire bloc pour la contenir au maximum : rien de bon ne sortait jamais des colères explosives de leur supérieur. Il monopoliserait la parole pour dénoncer leur incapacité et s'en irait furieux en claquant la porte. Il fallait donc lui donner du grain à moudre, satisfaire l'affamé.

– Prime à la jeunesse, reprit le capitaine. Thomas, qu'est-ce que tu retiens du meurtre d'Hélène Messan ?

Un peu mal à l'aise, le jeune stagiaire finit par dire :

– L'opportunisme et l'assurance. Le meurtrier l'a choisie au hasard dans une foule. Si la cible avait été Hélène Messan, il aurait opté pour un autre endroit et un autre moment. Ce qui me laisse penser qu'il a obéi à une pulsion meurtrière incontrôlable. Malheureusement pour nous, il a eu beaucoup de chance ; ce qu'il doit, lui, interpréter comme du grand art. Ça a sans doute démultiplié son sentiment de puissance sur le moment et son envie de recommencer.

– Est-ce que tu retrouves ces caractéristiques dans les deux autres meurtres ?

– Il a pris moins de risques, mais il tue au hasard, j'en suis convaincu. Et il choisit des femmes par convenance, car elles sont physiquement moins impressionnantes.

– Tu insinues donc que le choix de ne tuer que des femmes ne correspond pas à un délire psychotique, une vengeance, une frustration ou je ne sais quoi qui le pousserait à assassiner ? Il choisit des femmes car passer à l'acte sur elles l'effraie moins que s'il s'attaquait à des hommes. Bref, tu confirmes ce que pense la psy.

– Oui, je pense qu'il est dans la domination. Et dominer des femmes, ça tombe davantage sous le sens pour lui. Certes, elles sont blondes et minces et cela correspond sans doute à une image familière. Mais je ne suis pas sûr qu'il faille chercher plus loin. D'autant que la dernière victime était asiatique.

– Si l'on suit ton raisonnement, comment orienter notre enquête pour le coincer ?

Thomas eut un moment d'hésitation.

– Je ne sais pas, avoua-t-il, penaud. Il a perdu le contrôle, la dernière fois. Il commettra une erreur, tôt ou tard.

– Tu préconises l'attentisme si je comprends bien. Au bout de la dixième victime, on croise les doigts pour qu'il nous laisse son ADN sur un mégot et d'ici là on joue aux fléchettes ? C'est ça que tu nous proposes comme plan ? Et c'est ça qu'on apprend sur les bancs de la fac à des petits branleurs de ton espèce qui prennent la violence comme un sujet d'études en oubliant que ça fait couler du sang ? Qu'est-ce que tu fous là, Thomas ? Retourne à ton ordinateur, écris une thèse sur la pousse des champignons sur les scènes de crime au dix-huitième siècle et laisse-nous bosser, putain de bordel de merde !

Sterling s'arrêta d'éructer. Thomas, rouge de honte et de colère, fixait ses pieds tandis que les autres flics le regardaient avec compassion. Le silence devint pesant. Juliette, toujours courageuse, finit par le rompre :

– Je te trouve très injuste, David. Thomas n'a rien à proposer… et tu l'engueules parce que c'est aussi ton cas.

– Peut-être, mais rester là à se tourner les pouces, ce n'est pas envisageable, tu es d'accord ? interrogea Sterling en grinçant des dents.

– Oui, bien sûr. Et je ne pense pas que Thomas ait voulu dire ça.

– Je reconnais bien là ton instinct de mère poule, Ju. Et je m'incline. Continuons donc l'exercice. On a certainement sous-estimé des éléments, je veux qu'on les identifie et qu'on les décortique à nouveau, jusqu'à épuisement.

La brigade acquiesça en silence. Le tour de table reprit, chacun y allant de ses impressions, de ses questionnements, de ses certitudes aussi.

– Le gantier me semble une bonne piste, tenta Jojo. On pourrait retourner voir Roberto Calvi et essayer de réactiver sa mémoire.

– C'est sans doute une perte de temps, réagit Sterling, pas très à l'aise sur le sujet. Mais bon, je préfère que vous retentiez votre chance plutôt que de ruminer. Fred, l'enquête de voisinage n'a rien donné sur le troisième meurtre, selon le rapport. Certes, il était très tôt mais j'ai du mal à admettre que les collègues de Mme Xing ou les clients de ces dames n'aient rien à nous dire. Retournes-y ce soir avec Thomas, histoire d'être sûr de ne rien avoir laissé traîner derrière nous.

– On sait aussi qu'elle était arrivée en France il y a une dizaine d'années, répondit Fred. Difficile de remonter la piste jusqu'en Chine, où il lui reste de la famille, mais elle a peut-être tissé des liens étroits ici avec des membres de sa communauté ou des Français. On n'a pas vraiment creusé de ce côté-là non plus…

– Et j'en suis en partie responsable, l'interrompit Sterling. L'enquête sur Martin m'a un peu trop accaparé et mon jugement en a été altéré.

Il entendit un vague brouhaha en guise de réaction et enchaîna :

– Martin va probablement croupir quelque temps en prison mais pas pour assassinat, j'en suis convaincu et le juge Lagrange aussi. Raisonnons donc comme s'il était hors du coup et son sous-fifre aussi – il est plus bête que dangereux. En résumé, le meurtrier a peut-être choisi ses victimes au hasard dans la rue. Reprendre chaque enquête ne nous mènera pas très loin. Mais nous ne pouvons pas exclure un lien entre elles ou l'existence d'un mobile pour tuer l'une des trois – laquelle, ça reste à découvrir –, les autres servant de leurre. Pour ma part, si je devais répondre à ma propre question, je dirais que le lien, ce sont les lieux du crime, tous rive gauche et tous dans les arrondissements du ressort du 3e DPJ. Pur hasard là aussi… ou pas. Peut-être que le meurtrier que nous cherchons vit dans les parages et qu'il tue à proximité de chez lui. Peut-être veut-il que ce soit nous qui menions cette enquête…

– Ce qui induirait qu'il connaît la brigade ou qu'il a des comptes à régler avec l'un d'entre nous ? questionna Jojo.

– Cette idée m'a en effet traversé l'esprit, oui, mais je n'ai pas pu étayer cette thèse. Elle reste donc à l'état d'ampoule allumée dans mon cerveau. Cela dit, ça vaut le coup de poursuivre un peu plus loin les investigations : Jojo, demain tu jetteras un œil à la liste des ex-taulards qui ont récemment quitté le nid et qui auraient des raisons de nous en vouloir.

– C’est noté.

– Bon, on s’arrête là pour ce soir. Nous aurons peut-être des idées lumineuses au réveil.

Sterling regarda partir les membres de son équipe et resta un long moment seul dans son bureau. Quand il se leva, une heure plus tard, il avait griffonné des mots-clés sur une feuille de papier, relié d’un trait certains d’entre eux, ajouté des points d’interrogation ici et là. La feuille dans sa poche, il attrapa son casque et s’en alla à son tour, la mine sombre.

# 27

*C'est une sorte de folie d'être sage*
*au milieu des fous.*

Jean-Jacques Rousseau

Il était 1 heure du matin quand Bernie sonna à la porte de Sterling. Celui-ci l'avait appelé un peu plus tôt dans la soirée et lui avait lancé une sorte de SOS. Chez David, les messages de détresse n'étaient jamais clairement exprimés – pudeur masculine oblige –, mais avec le temps Bernie avait appris à les décoder. Le policier n'avait pas dit grand-chose au téléphone, mais un « Je suis un peu perdu » avait suffi à déclencher l'alerte. Sans réfléchir, Bernie était sorti de son lit, avait enfilé un jean et un pull, et d'un pas rapide s'était rendu au domicile du capitaine. David était intelligent, peut-être un peu trop. Sensible aussi, même s'il brassait beaucoup d'air pour le cacher. Dans un monde où le chacun pour soi régnait en maître, personne ne pouvait se passer d'une carapace. Celle du capitaine était à la fois extrêmement solide et friable à certains endroits. Et quand il se sentait vulnérable, il était sujet à une panique émotionnelle dévastatrice ; bizarrement, elle s'accompagnait souvent d'une grande lucidité sur sa vie, ses choix, ses échecs... Dans ces moments-là, Bernie avait le sentiment de servir de filet de protection. David décrochait mais ne tombait jamais. La présence du vieux flic lui permettait d'aller au bout du processus mental sans craindre la chute mortelle.

Quand David lui ouvrit la porte cette nuit-là, Bernie comprit qu'il était grand temps d'agir. Il appelait ça « faire une descente en rappel » de la montagne de pensées éparses qui encombraient le cerveau de son ancien collègue.

– T'as pas bonne mine, David. Qu'est-ce qui se passe ?

– Il se passe que j'ai un peu trop bu. Et que je ne sais plus très bien où j'en suis.

– Ce sont les meurtres de ces trois femmes qui te mettent la tête en vrac ?

– Oui et non. C'est clair qu'on n'avance pas vite et ça m'use les nerfs. Mais il n'y a pas que ça.

– Je t'écoute.

Sterling sembla hésiter à répondre. Puis il se décida :

– Bernie, tu vas peut-être me prendre pour un dingue, mais y a des choses qui me relient à ces meurtres.

– C'est-à-dire ?

– D'abord, ils ont tous eu lieu rive gauche, dans les arrondissements du ressort du 3e DPJ. Ensuite, on a retrouvé un bout de gant entre les dents de la dernière victime et, après analyse, la scientifique a découvert que c'était du cuir de pécari… la matière que j'affectionne depuis des années. Il se peut même que l'assassin les ait achetés chez Hélion, le magasin où j'ai mes habitudes.

– Ce ne sont peut-être que des coïncidences…

– Non, je ne le crois pas. J'ai la sensation que tout ça ne doit rien au hasard. Comme si c'était le 3e DPJ qui était visé à travers ces meurtres, ou moi. Est-ce que parmi toutes les ordures qu'on a arrêtées il y en a une qui te reviendrait à l'esprit et qui pourrait avoir fomenté tout ça pour nous nuire ? À moins qu'un proche de l'un de ces voyous ne se soit mis en tête de le venger. Je pensais notamment à l'entourage de Keller : tuer des femmes et nous donner du fil à retordre, c'est faire d'une pierre deux coups.

– Je sais que le frère aîné a été arrêté pour trafics de drogue il y a quelques mois. Le cadet était petit au moment de l'arrestation de Simon. J'avais su par sa mère qu'il avait été bien remué, tout comme son oncle, qui s'était substitué au père quand celui-ci avait cassé sa pipe. C'est tout ce qui me vient… Mais je vais quand même scruter ma mémoire pas complètement usée de vieux machin.

– 55 ans, t'es pas vieux Bernie.

– Non… sauf dans le regard des autres. Sur la fin, mes jeunes collègues n'étaient pas tendres, tu sais. Ça jactait pas mal derrière mon dos. De fait, je n'étais plus aussi rapide qu'avant. J'avais parfois l'impression d'être un boulet à traîner. Pas très flatteur comme image. Mais bon, c'est la vie et la putain de roue qui tourne…

Sterling tapa dans le dos de son pote et après quelques instants de silence reprit la parole :

– Y a autre chose, Bernie.

– Ah, je me disais aussi que t'avais pas tout dit. Vas-y, accouche.

– Y a ce petit monsieur qui a été arrêté l'autre jour dans le métro pour un flag de frotteurisme. Il a été relâché parce que sa victime a décidé de ne pas le poursuivre. Mais quand je l'ai vu, j'ai eu comme un déclic. Mon instinct me pousse à le suivre, à comprendre qui il est… Pour l'instant, je n'ai pas été déçu : après s'être frotté contre le cul d'une nana, il est allé se faire sucer au bois de Boulogne par un travelo…

– Comment le sais-tu ?

– Je l'ai filoché.

– Tu penses qu'il pourrait être le meurtrier ?

– Peut-être… En tout cas, c'est un des maillons de la chaîne. Ne me demande pas comment je le sais, je le sais, c'est tout.

– Ben, c'est une piste. Sauf que tu fais tout ça derrière le dos de ton équipe, si je comprends bien.

– Oui, et pour l'instant, je n'ai pas le choix. Roussof ne comprendrait pas, si tu vois ce que je veux dire.

– Je vois. Et à part ses goûts sexuels un peu particuliers, tu as trouvé quoi sur ce pauvre…

– Lemaître, Pierre-Yves Lemaître. Pas grand-chose. J'ai fait une enquête de voisinage bidon dans son immeuble de la rue du Château, et j'ai rencontré deux de ses voisines. Pour elles, c'est juste un mec serviable pas très bien dans sa peau.

Assis sur son canapé, le cheveu hirsute et une cannette de Heineken à la main, Sterling sembla tout à coup ailleurs. Bernie préféra ne pas interrompre le cours de ses pensées. Au bout de quelques secondes, le capitaine reprit – sa voix naturellement grave paraissait sortir des tréfonds d'une grotte :

– On pourra me dire tout ce qu'on veut sur ce mec, je n'en ai pas fini avec lui. Il me mène quelque part, j'en suis sûr. Je ne sais juste pas où.

– Ben, tu as raison de poursuivre si tu penses que ce n'est pas une perte de temps. Je te rappelle juste que si tu te goures t'es pas à l'abri d'un quatrième meurtre.

– C'est le risque, j'en suis tout à fait conscient, Bernie.

– Tu es un mec raisonnable dans le fond. Perso, tu as toute ma confiance. Si tu flaires une piste, suis-la jusqu'au bout.

Sterling le regarda droit dans les yeux et finit par dire :

– Merci, Bernie ! Je crois qu'en fait j'avais juste besoin que quelqu'un approuve ma démarche.

– Approuve service, c'est moi. Ouvert vingt-quatre heures sur vingt-quatre, sept jours sur sept ! s'esclaffa Bernie.

Sterling émit un sourire. Puis il poursuivit :

– Y a encore autre chose, Bernie.

– Eh ben, je ne serai pas venu pour rien, ce soir. Dis-moi…

– Lors de l'enquête de voisinage, j'ai rencontré une fille. Une jeunette, très jolie. Imagine une blonde vénitienne, des yeux noisette en amande, des taches de rousseur sur tout le visage et un cul à faire bander un mort. Bref… On est allés à une fête ensemble y a deux jours. Sauf que, même si c'est un peu flou dans mon esprit, j'ai peut-être déconné sur la fin. Du coup, elle ne me répond plus et… Et je crois que je l'aime bien, avoua Sterling, en se recroquevillant et en baissant les yeux.

– Ah !

– C'est tout ?

– Ben, que veux-tu que je te dise ? Si tu veux un commentaire digne de ce nom, le voilà : les meurtres, les coïncidences et ce Lemaître, c'est *peanuts*, émotionnellement parlant, par rapport à une jolie nana qui te fait battre le palpitant. C'est ça qui te met la tête en vrac. Et ça risque de te déconcentrer. Une enquête comme celle-là, avec un meurtrier de cette trempe, c'est un boulot à plein temps.

Sterling le regarda, tout penaud, tel un gamin pris les doigts dans le pot de confiture. Bernie, lui, mit un peu de temps à se départir de sa mine contrariée. Puis il se leva, saisit une des nombreuses bouteilles de vin entreposées dans la cuisine – Sterling en avait toujours en réserve –, l'ouvrit et servit deux verres. Deux heures plus tard, il ronflait dans le canapé alors que Sterling s'était effondré tout habillé sur son lit, les bras en croix.

# 28

*Quand vous dites oui aux autres,*
*assurez-vous que vous ne dites pas*
*non à vous-même.*

Paulo Coelho

Pyl avait quitté son domicile à 16 heures. Il était habillé d'un pantalon en toile beige, d'un polo Lacoste bleu sur lequel était négligemment posé un pull gris, et chaussé de Docksides de même couleur. En le suivant, Sterling nota qu'il avait changé de look et de comportement. Rien à voir avec le petit bonhomme insipide qu'il avait vu pour la première fois au 3e DPJ.

En ce samedi ensoleillé, Pyl sifflotait dans la rue – un vieil air des années 1930 que le flic reconnut en s'approchant de lui à un feu rouge – et marchait d'un pas léger. Les filles de la rue du Château n'avaient, semble-t-il, rien dit à leur voisin. De la part de Clémentine, même fâchée, ça pouvait se comprendre ; mais que Jocelyne ait tenu parole, cela l'étonnait davantage. Le signe peut-être qu'un capitaine de police était encore gratifié d'un minimum de respect et d'autorité. À en croire certains sondages, les Français semblaient pourtant de plus en plus défiants vis-à-vis de leur police. La réalité devait être plus complexe et Sterling s'en félicita : sans chercher les honneurs, la profession était à ses yeux injustement impopulaire. Une pensée qui lui fit vaguement se remémorer la scène tragique qu'il avait jouée lors de la soirée avec Clémentine. Tout en suivant Pyl du coin de l'œil, il se fendit d'un énième texto, d'excuse celui-là. Un petit mot capable de déverrouiller les portes les plus cadenassées. Il ne fut pas déçu. Elle lui répondit un simple « OK », mais qui suffit à son bonheur. Un « OK » peut vouloir dire beaucoup, se réjouit-il.

Satisfait, Sterling se consacra totalement à sa mission du jour. Calé sur le rythme des pas de Pyl, il le suivit à bonne distance jusqu'à la rue de la Gaîté. En bifurquant dans cette artère animée, Pyl accéléra légèrement la cadence puis s'arrêta net devant un sex-shop. Il s'y engouffra, non sans jeter un regard à gauche et à droite. Sterling lui emboîta le pas. À l'intérieur, il repéra rapidement le comptable devant le stand godemichets. Pyl regardait certains produits, comparait les prix et finit même par demander conseil à un vendeur blasé. L'achat d'accessoires sexuels s'étant largement banalisé ces dernières années, touchant tous les milieux, tous les budgets, le jeune extra répondait doctement et sans sourciller aux questions que Pyl lui posait. Sterling n'entendait pas distinctement leur conversation mais l'imagina aisément :

– Pour un usage anal, vous me conseillez quel produit ?

– Usage personnel ou pour votre partenaire ?

– Pour mon partenaire.

– Je vous conseille celui-ci. C'est un classique. On en vend beaucoup.

– C'est le meilleur rapport qualité-prix ?

– Tout à fait. C'est pour offrir ? Je vous l'emballe ?

Sterling sourit en observant la scène, sans pour autant se défaire de sa concentration. Filer sans se faire repérer, tout un art qu'il avait eu maintes fois l'occasion de développer et de parfaire. Le genre de technique qu'on n'apprend pas à l'école. Question de pratique, uniquement. Et de psychologie.

Après un long moment d'hésitation, Pyl finit par se décider. De loin, Sterling crut reconnaître un gode de couleur rose, imitant à merveille une forme de bite d'un gabarit à faire pâlir d'envie nombre de mâles complexés. Bien emballé dans un sac en papier marron hermétique – la transparence du plastique n'aurait pas été du goût des clients –, le gode quitta les lieux dans les mains de son nouveau propriétaire.

Sterling poursuivit la filature, de plus en plus intrigué par ce personnage étrange. Le flic n'en oubliait pas pour autant ses motivations : Pyl était toujours suspect à ses yeux. Peut-être tentait-il de faire taire ses instincts de meurtrier en assouvissant ses fantasmes ? La thèse se tenait, tant la frustration était au cœur de nombre d'actes de violence. Sterling eut à nouveau une pensée pour Stéphanie. Il aurait voulu s'excuser, mais il fallait qu'il se fasse détester pour lui donner une chance de rencontrer un homme capable de l'aimer. C'était en tout cas sa théorie et la justification à ses propres yeux de son attitude. De quoi éviter la culpabilité, un fardeau mental inutile et douloureux.

À nouveau perdu dans ses pensées, le flic faillit perdre de vue l'objet de son attention. Pyl s'était soudainement assis à la terrasse d'un café place Edgar-Quinet. Sterling l'imita, quelques tables plus loin. Légèrement en retrait, il pouvait à sa guise observer sans se faire remarquer. Un quart d'heure plus tard, une femme d'une quarantaine d'années s'approcha de Pyl, lui serra d'abord la main, puis, sur une remarque du comptable, lui fit la bise. Une *blind date*, se dit Sterling.

La femme, un peu rondelette, habillée d'une robe à fleurs violette bon marché, s'assit en face de Lemaître. Ses efforts pour sembler à son aise trahissaient une timidité certaine. Elle s'était apprêtée, maquillée, un peu trop, coiffée – ses cheveux d'un blond peu naturel avaient été teints récemment –, parfumée à outrance – Sterling en avait senti les effluves même de loin.

Pyl entama la conversation d'un air joyeux. Sterling aurait donné cher pour se métamorphoser en petite souris et écouter leurs propos. Que dire à une inconnue à qui, au fond, l'homme n'avait qu'une seule question à poser : « Tu baises ? » Pour ne pas sembler trop direct et indélicat, l'homme en question se devait de parler de tout autre chose. Pendant combien de temps ? Parfois un rendez-vous pouvait suffire pour conclure. Parfois il en fallait plusieurs. Un vrai boulot, pensa Sterling.

La discussion entre Pyl et sa *date* paraissait aller bon train. En se concentrant au maximum, le flic put entendre quelques mots : « comptable », « secrétaire », « Paris », « Juvisy », « célibataire »...

Ils restèrent une bonne heure à converser. Puis la femme s'en alla. Difficile de faire un pronostic sur la suite. Sterling paria sur un flop, expression du dégoût que continuait à lui inspirer le petit monsieur. Un dégoût non dénué de curiosité. Comment un mec aussi laid pouvait oser se présenter devant une femme rencontrée virtuellement en espérant la séduire ? Le tout après avoir acheté un godemichet rose dont il se servirait sans doute avec une petite pute du bois de Boulogne. Le mystère s'épaississait. L'instinct du flic était en alerte. Encore et toujours de l'irrationnel pour l'instant. Car aucun élément concret ne reliait ce Pyl aux trois femmes assassinées, à part l'usage d'un couteau pour menacer une toxico quelques années plus tôt. Comment faire le lien ? Où chercher sans attirer l'attention ? Fallait-il mettre la dame de Juvisy sous protection ? Après tout, elle aussi était blonde.

Un mur se dressait à nouveau dans le cerveau du flic. Plus moyen d'avancer, d'autant que depuis le dernier débrief l'équipe se démenait... en vain. Ce fut le moment que choisit Pyl pour se lever et partir. Sterling le laissa filer et resta longtemps à la terrasse. Il rentra chez lui à pied, salua Hans, se cala devant sa tablette, un verre de vin posé sur la table basse, et commença à regarder la dernière saison de *Homeland*. Les séries américaines, l'antidote le plus efficace contre les pensées négatives. Il finit par s'endormir sur son canapé au milieu de l'épisode 3.

Une heure plus tard, Sterling fut réveillé par un texto. La jolie Clémentine lui demandait ce qu'il faisait et si elle pouvait le rejoindre quelque part. Il n'hésita pas une seconde et écrivit qu'il était chez lui... à l'attendre, ponctuant sa phrase d'un smiley. Il sourit quand elle répondit qu'elle serait là dans la demi-heure. Il lui envoya son adresse exacte et se précipita dans la salle de bains pour se rafraîchir et se brosser les dents. Puis il l'attendit... vraiment. Deux heures plus tard, la jeune femme sonna à sa porte, sans s'excuser de son retard. Il était sur le point de protester, mais la bouche de Clémentine collée à la sienne ne lui en laissa pas le temps. Le déshabillage ne prit que quelques secondes, le désir emporta tout sur son passage, le mur dans le cerveau, le cœur au congélo et tous les êtres vivants qui ne pouvaient pas tourner.

# 29

*La mort est douce :*
*elle nous délivre de la pensée de la mort.*

Jules Renard

Cette nuit, je sais que je tuerai. J'en ai la certitude. Les autres fois, je suis sorti marcher sans exclure cette éventualité. Mais sans m'y contraindre non plus. Le hasard a fait l'essentiel, plus que ma seule volonté. Pas ce soir. J'ai soigneusement mis le couteau dans ma poche, choisi la casquette et la veste les plus adaptées à la situation, la tenue la plus passe-partout. Tous les accessoires dont j'ai besoin sont à leur place... et surtout je me suis longtemps regardé dans la glace pour m'encourager. C'est drôle, cette sensation d'accomplir une œuvre, de compléter un puzzle à chaque vie enlevée, et de m'élever en le faisant. Que ça puisse devenir une drogue m'effraie encore un peu, mais les inhibitions sautent les unes après les autres. Après tout, je suis le maître et j'ai besoin de l'éprouver en assassinant une autre femme.

Il est 23 heures quand je ferme la porte de chez moi. Je marche une bonne vingtaine de minutes. Je m'arrête en face d'une bouche de métro. Le quartier est calme, peu vivant la nuit, les personnes qui en sortent sont en nombre restreint, me laissant le temps de les évaluer une à une à l'aune de mes critères : le sexe, l'âge et la couleur de cheveux. Puis la taille et la morphologie. Mais aussi la démarche et ce qui s'en dégage. Je reste là dix minutes, prêt à choisir un autre spot, je ne voudrais pas me faire remarquer. C'est à ce moment-là qu'elle apparaît. Petite, maigrichonne, cheveux blond filasse, la trentaine, elle porte un petit sac à dos rose en forme de Barbapapa, qui ne peut que trahir une nostalgie de l'enfance. Ça me plaît.

Elle passe devant moi sans me voir. Je lui emboîte le pas. Le quartier comprend quelques rues piétonnes où se nichent des petites maisons au charme bucolique. Elle s'engouffre dans l'une d'elles, signant son arrêt de mort. Arrivée devant un square, elle stoppe net. Son téléphone a sonné, elle le sort de sa poche et entame une conversation. Encore à bonne distance, je n'entends que des bribes. C'est sa mère qui s'inquiète, me semble-t-il. Elle lui répond du bout des lèvres, impatiente de mettre un terme à cet échange. Elle raccroche au bout de cinq minutes. C'est là que j'interviens.

Marchant à vive allure mais sans faire de bruit – j'ai la sensation de me transformer en félin –, je réitère les mêmes gestes que les fois précédentes, en plus précis et plus maîtrisés. Je mets ma main sur sa bouche, la soulève pour l'amener dans un coin plus sombre, ses jambes qui gesticulent me heurtent sans me faire mal. En un temps record, je parcours trente mètres, je laisse ses pieds toucher le sol et la transperce de part en part quatre fois de suite, la prière que je murmure guidant chacun de mes gestes : « Au nom du Père, et du Fils, et du Saint-Esprit. Amen. » Elle s'effondre sur le dernier mot. Je l'accompagne dans sa chute pour atténuer le bruit ; j'attends un petit moment avant de retirer ma main. Une vie qui s'en va, ça se sent. La sienne part à tâtons, presque furtivement ; le signal que je peux me séparer de son enveloppe charnelle. Son âme, elle, va rejoindre celle des autres filles. Que leur nombre grandisse me fait du bien ; je me nourris de leur être, de leur souffle, de leur air, qu'elles ne respirent plus et que je respire à leur place, telle une réserve d'énergie qui démultiplie mes forces et ma puissance.

Je me relève doucement, regarde où le sang a giclé sur moi. J'ai tout prévu. Je sors de ma poche un gros sac plastique de couleur. J'y mets ma veste roulée en boule et le couteau. J'enlève mes gants, les glisse dans ma poche arrière de pantalon. Je regarde à gauche et à droite, tout en essuyant des gouttes de sueur sur mon front, révélatrices de l'émotion qui me traverse. Personne. Je suis soulagé mais pas surpris. Je commence à dominer parfaitement mon art et j'en suis fier. Je m'éloigne en rasant les murs – surtout ne pas commettre d'erreur, et l'excès d'assurance en est une –, et avant de bifurquer dans une artère plus importante je jette un dernier regard au macchabée, un regard empreint de tendresse et de gratitude.

J'accélère un peu le pas, tête baissée, le temps de sortir du périmètre dangereux. Au bout de dix minutes, je visualise où je suis et trace dans ma tête la trajectoire jusque chez moi. Une fois à mon domicile, je pends la veste dans le fond de mon placard à côté des autres trophées, lave le couteau, le remets à sa place, je me sers une bière et j'allume la télévision, zappant un long moment de chaîne en chaîne. Ce n'est plus un assassinat que je commets, c'est une formalité.

# 30

*Si tu veux aller vite, marche seul,*
*mais si tu veux aller loin*
*marchons ensemble.*

Proverbe africain

Il était 5 heures du matin quand le téléphone de David Sterling retentit, provoquant un sursaut et un gémissement. Clémentine, elle, bougea à peine. Les yeux mi-clos, cherchant à tâtons son iPhone sur sa table de nuit, le capitaine finit par mettre la main dessus et par décrocher.

– David, on a un nouveau meurtre sur les bras.

Jojo ne perçut aucun son en réaction à cette annonce, qu'il avait faite d'un ton grave, presque triste. Au bout de quelques instants, il interrogea :

– Tu as entendu ce que je viens de dire ?

En guise de réponse, le capitaine le gratifia d'un grognement.

– Rapplique dès que tu peux. On t'attend au 12 rue des Thermopyles, dans le 14ᵉ.

L'adresse sembla provoquer un électrochoc dans le cerveau de Sterling.

– C'est pas loin de Pernety, non ?

– Oui, c'est tout près. Pourquoi ?

– Pour rien. Je me dépêche, je suis là dans vingt minutes.

Tout en se préparant, Sterling prit le temps de regarder sur son téléphone le plan du quartier. L'endroit où avait été découvert le corps se trouvait à cinq minutes de la rue du Château. Il ne put réprimer un *Yes !* : Pyl venait peut-être de pécher par excès d'assurance en tuant près de son domicile. Cette éventualité redoubla son énergie. Il laissa un mot à Clémentine puis sortit.

Sur la scène de crime l'attendaient le juge, le commissaire, Fred et Jojo.

– Vous quatre à côté d'un corps sans vie, j'ai comme une impression de déjà-vu… s'aventura Sterling.

– Je ne suis pas d'humeur à plaisanter, capitaine, le calma Roussof.

Puis, en se retournant et en désignant de la main le cadavre, il poursuivit :

– Je vous présente notre quatrième victime. Il n'y a plus qu'à espérer que le meurtrier ait commis une erreur cette fois, puisqu'il semble que nous devions compter davantage sur la faiblesse de l'ennemi que sur la force de nos propres troupes. Enfin… Bertin, faites un topo au capitaine. On se voit à la brigade avec l'équipe au complet. Entre-temps, j'aurai eu au téléphone le préfet, le ministre, ses sbires et j'en passe. Je ne manquerai pas de vous faire part de leurs remarques, dont j'imagine d'ici la teneur. Sur ce, messieurs, je vous laisse à la rude tâche qui vous attend.

Sterling, Fred et Jojo regardèrent le commissaire s'éloigner et échangèrent un regard entendu. Ils s'approchèrent du corps, puis le lieutenant mit le capitaine au parfum :

– Elle s'appelle Mélanie Glebocki, elle a 30 ans et habite le quartier. Elle devait rentrer chez elle, à deux pas d'ici, quand le meurtrier l'a poignardée. Un passant l'a découverte. On vient de recueillir son témoignage.

Il se tut un instant puis reprit :

– Même mode opératoire, même type d'arme. Il a retrouvé son assurance et son goût pour le chiffre 4. La mort remonte à cinq ou six heures.

Sterling s'accroupit et observa le cadavre pendant quelques minutes, déçu de ne pas découvrir la femme de la *blind date*. Malgré une présence policière importante, un silence macabre semblait envelopper l'endroit, un petit square niché entre deux rues piétonnes. La mort rôdait, les narguait. La présence de corbeaux, de plus en plus nombreux à Paris, et leurs croassements finissaient d'ajouter une touche sordide à la scène. Sterling avait senti le dépit dans la voix du commissaire, plus que la colère. Il partageait ce sentiment à un détail près. Pyl ! Ce nom clignotait dans sa tête, telle une enseigne de motel dans la nuit. Il se releva, presque ragaillardi.

– Jojo, je te laisse aux commandes. Je dois rentrer à la brigade et réfléchir. Il faut… il faut que je mette mes idées au clair.

– OK. La mère va être prévenue par des collègues de Clamart où elle habite. Dès que possible, on l'accompagnera à l'IML pour reconnaître le corps.

– Pas de trace de l'arme du crime, j'imagine ?

– Non, les gars ont commencé à fouiller le square… rien pour l'instant. On va démarrer l'enquête de voisinage. On aura peut-être de la chance, cette fois-ci, dit Fred.

– Ouais… À ta place, je ne compterais pas trop là-dessus. J'ai l'impression que l'humanité s'est laissé gagner par une espèce d'indifférence crasse. Et l'indifférence, c'est une belle saloperie pour nous les flics.

Les deux lieutenants se contentèrent de hocher la tête et tournèrent les talons.

Le capitaine resta immobile quelques instants, scrutant les lieux. En balayant les immeubles alentour du regard, son œil fut attiré par un reflet. Il tenta d'en deviner la provenance dans l'obscurité et son insistance provoqua un mouvement.

– Jojo, interpella Sterling en s'approchant de lui.

– Oui.

– Commencez l'enquête de voisinage par cet immeuble, là-bas. Au troisième étage, il me semble que quelqu'un nous observait avec des jumelles.

– Pas étonnant. L'odeur du sang attire toujours les charognards.

– Oui. Mais les charognards ont des yeux et des oreilles. Avec un peu d'insistance policière, ils enlèvent leurs boules Quies et leur masque de nuit.

Sterling s'éloigna de quelques mètres et enfourcha son scooter. Il se sentit gagné par un sentiment de gravité mêlé à une conscience de plus en plus pesante de ses responsabilités. Il fallait arrêter ce tueur au plus vite. Et pour y parvenir il se devait de suivre la piste Pyl jusqu'au bout. La traque, la vraie, allait pouvoir commencer.

# 31

*Même les paranoïaques*
*ont de vrais ennemis.*

Roland Topor

Jojo et Fred commencèrent l'enquête de voisinage dès que Sterling eut quitté la scène de crime. Ils sonnèrent d'abord à l'appartement que leur avait désigné le capitaine. Avec ce quatrième meurtre, l'ambiance générale allait se tendre encore davantage et la pression du haut de la hiérarchie contaminer toute la brigade. Les équipes de terrain, réceptacle naturel du stress de l'ensemble des couches supérieures, devraient gérer sans moufter ce poids supplémentaire. Comme si la traque d'un *serial killer* ne suffisait pas. Dans ces moments-là, les lieutenants faisaient corps avec leur capitaine, le suivant sans broncher dans le dédale de ses intuitions, souvent justes. C'est dans cet état d'esprit qu'ils se présentèrent au jeune homme qui vint leur ouvrir sa porte après avoir longuement regardé dans l'œilleton d'où il pouvait apercevoir la carte de police de Jojo.

– Bonjour, monsieur, désolé de vous déranger à une heure aussi matinale, dit le flic.

Il allait poursuivre quand le locataire, un homme noir âgé de 35 ans environ, l'interrompit :

– C'est pourquoi ? Qu'est-ce que vous me voulez ? J'ai rien fait de mal.

– Nous en sommes convaincus, répondit le lieutenant Picot, un peu surpris par l'agressivité de son interlocuteur. Mais il se trouve qu'un meurtre a été commis sous vos fenêtres la nuit dernière et nous procédons à une enquête de voisinage. Avec un peu de chance, un des résidents aura peut-être aperçu quelque chose et...

– J'ai rien vu.

La réplique un peu trop abrupte mit les deux lieutenants sur leur garde.

– Je ne suis pas sûr de vous croire, monsieur... ?

– Samba. Je vous dis que je n'ai rien vu. Pourquoi vous venez me demander ça à moi ? C'est parce que je suis noir, hein, c'est pour ça ? Vous êtes tous racistes dans ce pays. Et dans la police, alors, n'en parlons pas !

– Monsieur Samba, calmez-vous, intervint Jojo d'une voix tranquille afin d'interrompre la logorrhée. Nous allons évidemment interroger tout l'immeuble. Mais il se trouve que l'un des policiers en charge de cette affaire a aperçu un reflet provenant de votre appartement et il a pensé que peut-être vous auriez des choses à nous dire… D'autant plus que vous nous observiez avec des jumelles, n'est-ce pas ?

Jojo avait prononcé cette dernière phrase en détachant chaque mot et en veillant à utiliser un ton doux et naturel, en aucun cas suspicieux. Il évoquait simplement un fait et n'en tirait aucune conclusion.

Le jeune homme hésita un instant avant de répondre. Les pensées semblaient fuser dans son esprit, il regardait tour à tour les deux flics, puis finit par dire :

– C'est un HLM ici, vous le saviez, hein ? Ça ne se voit pas parce que les HLM, on les cache maintenant. Des pauvres en plein Paris, ça fait tache. Mais vous, vous le saviez, et c'est pour ça que vous venez d'abord faire votre enquête ici. Les pauvres, ce sont des coupables tout trouvés…

– Monsieur Samba, arrêtez tout de suite votre délire de persécution, s'emporta Fred, dont la patience atteignait ses limites. Un crime a été commis là, dans le square devant chez vous. Nous ne sommes pas ici pour débattre des injustices de ce bas monde ou pour vous convaincre de nous aider dans notre enquête. Alors soit vous répondez à nos questions, soit on vous embarque direct au poste, où des flics bien moins sympas que nous se feront une joie de se payer un Noir. Entre nous, monsieur Samba, vous avez tout intérêt à obtempérer.

Les propos du lieutenant semblèrent faire mouche. Après quelques secondes de réflexion intense, le locataire finit par dire, un brin revêche :

– Bon ! J'ai peut-être vu un homme, oui. En fait, voilà : il m'arrive de regarder les oiseaux avec mes jumelles. Dans le square, y en a plein…

Les deux flics doutèrent immédiatement de l'explication fournie sur l'usage des jumelles, surtout la nuit, mais s'abstinrent de tout commentaire. Le jeune homme enchaîna :

– J'étais donc en pleine observation quand j'ai vu un monsieur avec une casquette ; il était debout, à l'angle de la rue des Thermopyles et de la rue Didot. C'est ça qui a attiré mon attention. Il regardait de tous les côtés sans bouger. Et puis, tout à coup, il a bifurqué à gauche et il est sorti de mon champ de vision. J'ai vérifié l'heure juste après, il était 23 h 45.

– C'est tout ? Vous n'avez rien vu d'autre ? enchaîna Jojo, tentant de dissimuler le début d'excitation qu'avait provoqué le récit du locataire.

– Ben non. Ensuite, j'ai regardé un film. Je suis insomniaque, je m'occupe comme je peux. Et puis j'ai entendu du bruit et j'ai repris mes jumelles pour voir ce qui se passait. C'est là que j'ai vu la police… et le corps de la fille. Mais je vous jure, je ne l'avais pas vu avant ; il était dans l'ombre, loin du réverbère. Sinon je vous aurais appelés tout de suite, vous pouvez me croire.

– Nous n'en doutons pas, monsieur Samba. Mais revenons à l'homme que vous avez entraperçu. Pourriez-vous nous le décrire un peu plus ? Il était grand, blanc, jeune, vieux ?

– Il était blanc, pas très grand et assez massif. L'âge, c'est difficile à dire avec précision, surtout que sa casquette cachait ses cheveux. Mais vu sa corpulence, sa façon de se tenir, je dirais au moins 50 ans. Et sinon, il portait juste un tee-shirt et il avait un sac plastique à la main.

– Et vous pouviez voir ce qu'il y avait dedans ?

– Non, il était opaque. Impossible de voir à travers.

Bertin se félicita intérieurement d'avoir affaire à un voyeur paranoïaque. Pour une fois que les névroses peuvent être utiles, profitons-en, se dit-il. Il poursuivit :

– Monsieur Samba, aucun autre détail ne vous revient ? La couleur de son tee-shirt, de son pantalon, une particularité physique ?

Le jeune homme réfléchit quelques instants, semblant soudain prendre plaisir à la situation. Lui, l'homme invisible aux tendances victimaires, bénéficiait tout à coup d'un auditoire de choix. L'évolution de son comportement n'avait pas échappé aux deux flics, habitués à analyser les attitudes corporelles. Les bras, croisés au début de la conversation, pendaient désormais le long du corps d'une façon détendue. Le front plissé était redevenu lisse et le regard fuyant avait disparu.

– Le tee-shirt était bleu foncé… Et il portait un jean. Il avait quelque chose dans la poche arrière droite de son pantalon, mais je ne pourrais pas dire quoi, juste que ça faisait comme une bosse. C'est tout ce qui me revient, là…

– C'est déjà pas mal, le félicita Jojo. Vous allez nous suivre au commissariat pour faire votre déposition. Vous nous aidez beaucoup, monsieur Samba. Grâce à vous, un dangereux criminel sera peut-être bientôt sous les verrous.

Fred mit un coup de coude discret à son collègue, manière de lui dire qu'il en faisait un peu trop. Mais l'homme acquiesça sans hésiter, l'air satisfait.

Il fut décidé que Jojo accompagnerait M. Samba à la brigade. Fred et deux autres policiers continueraient d'interroger les voisins sans lui. Arrivé au commissariat, le lieutenant prit la déposition du locataire, qui sembla presque frustré quand on l'autorisa à rentrer chez lui. Après s'en être débarrassé, Jojo appela Sterling et lui relata la scène par le menu avant de conclure avec dépit :

– Le manque de reconnaissance… le terreau de tant de petits drames quotidiens.

– Tu l'as dit, mon Jojo. Et le meurtre de ce matin pourrait également figurer au tableau de chasse de ce fléau invisible. Je vais du reste rappeler Magali Androssian. On a de quoi étayer la description du tueur. Ça l'aidera peut-être à le profiler plus précisément.

Rendez-vous fut pris avec la psy l'après-midi même. Les lieutenants devaient se retrouver à la brigade pour écouter ses conclusions et se répartir à nouveau le boulot. Sterling, lui, avait commencé à chercher du côté du petit frère Keller et de l'oncle de la famille, âgé de 56 ans, mais rien ne semblant sortir du cadre, il avait rapidement abandonné cette piste au profit de ce qu'il jugeait une priorité : interroger Pierre-Yves Lemaître, la description fournie par le témoin oculaire pouvant correspondre à son physique. Mais sous quel prétexte ? La réponse à cette question n'était pas du registre du légal, le capitaine le savait pertinemment. Quel flic lui jetterait la pierre ? Les routes sinueuses d'une enquête obligeaient la police à emprunter des chemins obscurs, où la nécessité du résultat l'emportait parfois sur le respect de la loi. Il prit son téléphone et fut soulagé quand son interlocuteur finit par décrocher :

– Allô, c'est Sterling. J'ai besoin que tu me rendes un service.

*

La brigade était réunie au grand complet dans les bureaux du 3e DPJ. La mine grave et fatiguée, Sterling se tenait au milieu de son équipe. Le commissaire, debout dans l'embrasure de la porte, regardait dans le vide. Sous le feu des critiques et des injonctions à arrêter ce meurtrier qui « se foutait de la gueule de la police », il avait joué les paravents toute la matinée pour préserver son équipe autant que possible. Son attitude et l'emplacement qu'il avait choisi semblaient renvoyer le message suivant : « J'ai fait mon travail, faites le vôtre. »

Sterling introduisit la réunion en faisant un point sur le quatrième meurtre :

– Je reviens de l'Institut médico-légal. Le meurtrier a bel et bien récidivé. Pas de doute possible, selon Garcia : l'arme est du même type que celle utilisée pour tuer Hélène Messan, Lou Cohen et Fa Xing. Il a poignardé Mélanie Glebocki – c'est le nom de sa dernière victime, sa mère l'a formellement identifiée ce matin – de quatre coups de couteau. La scientifique n'a relevé aucun élément sur la scène de crime ni sur le corps de la jeune fille. À se demander si le tueur a des cheveux ou des poils. En revanche, l'enquête de voisinage a pour une fois été couronnée de succès : un des locataires de l'immeuble situé en face du square a aperçu à l'aide de jumelles un homme qui pourrait bien être le tueur. Il était 23 h 45. M. Samba – c'est son nom – a affirmé qu'il était blanc, âgé d'au moins 50 ans, voire plus, pas très grand, assez massif, habillé d'un tee-shirt et d'un jean. Il portait une casquette et il ne l'a vu que de dos, d'où l'absence de détails qui nous auraient été fort utiles, mais c'est un début. Un début d'autant plus précieux que les autres résidents « n'ont rien vu, rien entendu ». Je vais donc passer la parole à Magali Androssian, qui a reçu ce matin les derniers éléments de l'enquête et qui, elle, a des choses à nous dire.

La psychologue prit son temps avant de parler, regardant chaque flic plusieurs secondes comme pour appréhender la personnalité de chacun d'entre eux et anticiper les réactions. Elle finit par dire :

– Ce dernier meurtre confirme ma théorie. Il tue au hasard pour assouvir son besoin de domination. Un besoin dont il est devenu l'esclave. Les psychopathes ont cette particularité : obéir à leurs pulsions mais de façon totalement contrôlée. Ça en fait des criminels lucides, maîtres de leurs moyens. Lors du premier débrief, j'étais encore dans le doute quant à son aspect organisé ou inorganisé. Je me suis trompée, il correspond totalement à la première catégorie : ne pas cacher les corps, c'est s'éviter un risque supplémentaire et gagner un temps précieux. Il fuit son crime dès le méfait commis. Il se fout de la mise en scène et ne ressent aucune culpabilité, ce qu'il veut c'est ne pas être pris. Le choix de Mélanie Glebocki, sa dernière victime, est en ce sens délibéré : elle est jeune, maigrelette, petite… Pas de quoi lui donner du fil à retordre. Il cherche le crime parfait, une autre façon d'assouvir son besoin de puissance. L'ensemble lui renvoie une image hyper positive de lui-même, compensant sans doute des blessures narcissiques accumulées tout au long de sa vie. S'il a l'âge que le témoin oculaire a décrit, il a dû nourrir une immense frustration dès l'enfance, et un élément déclencheur – il y en a toujours un – l'a fait basculer.

– Quel type d'élément déclencheur ? demanda Justine.

– Ça peut être une humiliation de trop ou une perte soudaine de repères, répondit la psychologue. Ce qui est certain, c'est que ce genre de criminels cultive une très forte paranoïa. Il tue pour lutter contre l'image négative qu'il croit lire dans les yeux d'autrui. Par ailleurs, le fait que les quatre femmes soient blondes – ou aient feint, au moins pour l'une d'entre elles, de l'être – et sensiblement du même âge, est certainement une piste. De près ou de loin, elles doivent lui rappeler une femme de son entourage.

Elle se tut pendant quelques instants, observant à nouveau les policiers qui se tenaient face à elle. Certains avaient pris des notes, d'autres non. Tous avaient bu ses paroles, cherchant dans la description de la psyché du tueur un début de piste. Face à une paroi lisse, le grimpeur se contente de la moindre prise pour se hisser. Le topo de la psy était de cet acabit : s'agripper à n'importe quelle information pour ne pas tomber.

Magali Androssian reprit son speech, l'air sombre :

– Je suis au regret de vous dire que rien ne l'arrêtera. Il recommencera encore et encore, parce qu'il est devenu accro à la sensation que cela lui procure. Certains tueurs laissent des traces pour que la police les arrête et les délivre de leurs pulsions. Lui, non. On peut espérer qu'il commette une erreur. Je sais que cette idée a déjà été évoquée et qu'elle sonne mal à vos oreilles, n'est-ce pas, commissaire ? Mais il tuera plusieurs fois avant d'en arriver là. Il est lucide sur son physique et ses limites – je ne suis pas très étonnée d'apprendre qu'il est petit et plus tout jeune. Pour autant, il rêve peut-être de s'attaquer à un homme, son Graal, le couronnement de son œuvre, le shoot ultime. Si tuer des femmes devient « trop facile » à son goût, il se montrera plus gourmand. En devenant de plus en plus exigeant, son extrême narcissisme lui fera peut-être commettre l'erreur que j'évoquais il y a un instant.

– Vous ne pensez donc plus que son choix de tuer des femmes est l'expression d'une vengeance, d'une haine pour l'autre sexe ? S'il a un physique ingrat, qu'il n'est plus tout jeune, ça pourrait coller, affirma Sterling, non sans arrière-pensée.

– Je l'ai cru, mais aujourd'hui j'en doute, répondit la psychologue. Ce qui est vital pour lui, c'est de panser ses plaies psychiques et cela passe par le meurtre. Les femmes, c'est le choix d'un lâche qui se convainc de sa propre puissance en assassinant plus faible physiquement que lui. Pour autant, je ferais quand même des distinctions entre les quatre victimes : s'il tue au hasard, ce dont je suis persuadée, quelque chose chez ces femmes attire son attention, outre leur couleur de cheveux et leur âge, et déclenche un processus meurtrier. Hélène Messan était seule au milieu d'une foule, fragile puisqu'elle était atteinte d'un cancer : il a pu le remarquer ou le ressentir instinctivement. Lou Cohen, c'est tout le contraire : une femme énergique et pressée qui, si j'en crois les témoignages, dégageait quelque chose de volontaire. Ça l'a peut-être renvoyé à sa propre médiocrité et c'est ce qui aurait déclenché la pulsion. À moins qu'il n'ait perçu de la vulnérabilité chez cette jeune femme. La journaliste était menacée, et dans sa démarche, son port de tête, sa façon de tenir son sac, que sais-je encore… quelque chose devait s'en faire l'écho.

Le meurtre de Fa Xing me questionne davantage. D'abord parce que c'est une Asiatique et les *serial killers* tuent en général des personnes de même type qu'eux. Peut-être l'a-t-il choisie parce que c'est une prostituée, et cet élément-là aura réveillé une autre pulsion qui sommeillait en lui, d'où son acharnement : c'est le seul cas où il a poignardé à maintes reprises d'une façon désordonnée. Je ne ferais pas pour autant de surinterprétation quant au rapport aux femmes que cela pourrait révéler, et, encore une fois, ce meurtre est un peu à part selon moi. Enfin, il tue Mélanie Glebocki juste parce qu'elle dégage une fragilité physique qui le rassure.

– Du coup, est-ce que le meurtre de Fa Xing aurait pu être commis par quelqu'un d'autre ? Et peut-on anticiper quelle pourrait être sa prochaine victime ? glissa Jojo, dont le visage reflétait son scepticisme quant à sa propre question.

– Je pense qu'il s'agit du même criminel dans les quatre cas de figure. Le rapport du médecin légiste tend à le confirmer. Mais il est vrai que je ne comprends pas bien le choix de Xing, qui fait tache par rapport aux autres. Quant à la seconde question… J'ai bien peur que non, répondit la psy. Malheureusement, ajouta-t-elle, consciente de provoquer plus de lassitude que de combativité.

– Pour autant, impossible de baisser les bras, réagit Sterling, sentant son équipe gagnée par le découragement. Il est seul, nous sommes nombreux. Il est orgueilleux, nous sommes modestes.

Il est psychopathe, nous sommes sains de corps et d'esprit. Enfin… pour la plupart d'entre vous, ajouta le capitaine d'un ton ironique.

La remarque fit sourire l'équipe et détendit légèrement l'atmosphère. Il reprit :

– Nous allons l'arrêter, c'est une question de temps. Il faut étudier l'emplacement de chaque scène de crime, délimiter son terrain de chasse…

– Oui, il n'est pas exclu qu'il tue près de chez lui ou sur un territoire qui a du sens à ses yeux, commenta Magali Androssian.

– Il se trouve qu'il tue exclusivement rive gauche, dans des arrondissements relevant du périmètre du 3e DPJ. Est-ce que c'est une piste selon vous ? rebondit Sterling.

– Oui, c'en est une, capitaine et une sérieuse. Que ce soit un choix délibéré ou du pur instinct, cela veut dire quelque chose. Quoi ? C'est à vous de le découvrir.

Le ton « maîtresse d'école » utilisé par la psy eut le don d'irriter Sterling. Il n'en laissa rien paraître et demanda, d'un air faussement détaché :

– Je voudrais être bien sûr de comprendre : vous dites que ce qui l'anime c'est la domination. On sait tous que celle-ci s'exprime sous une forme ou sous une autre dans les rapports sexuels. J'en viens à ma question : maintenez-vous qu'il ne faut pas chercher de ce côté-là juste parce que le tueur ne viole pas ces femmes ou ne leur arrache pas un bout de téton ?

– Oui, je maintiens, capitaine.

– Je vous trouve bien sûre de vous…

– Ce n'est pas ce que vous me demandiez, capitaine : vous éclairer de mes connaissances de la psyché humaine ? Si je doute, je ne vous éclaire plus. Au mieux je tamise, au pire j'obscurcis.

– Vous avez de belles phrases plein la bouche et qui fleurent bon l'art universitaire par excellence, j'ai nommé « la théorie ». Or, la psyché humaine, de notre fenêtre à nous, la police, ne sent pas la rose comme sur les bancs de la fac, elle sent la sueur, le sang et la merde. Alors permettez-moi de vous dire que votre théorie, je me la carre quelque part...

– Sterling, vous devenez injurieux et injuste, l'interrompit Roussof. Magali nous a été d'une aide précieuse. Je ne comprends pas pourquoi cela provoque chez vous une telle réaction de colère...

– Commissaire, un tueur en série est en liberté dans les rues de Paris. Il tue exclusivement des femmes, jeunes et blondes... Et il faudrait aveuglément se cantonner au profil qu'en dresse une psy qui sort à peine des jupons de sa mère. Que faites-vous de notre instinct de flic, de notre connaissance chirurgicale de la capitale, de notre expérience de terrain ?

– Mais qui la remet en cause, Sterling ? Pourquoi ne pas associer les compétences des uns et des autres ? Vous faites un caprice, ma parole ! Et vous devenez misogyne, par-dessus le marché. Alors que c'est vous qui avez sollicité Mme Androssian pour qu'elle vienne nous aider.

– Je ne pensais pas...

Sterling n'eut pas le courage de finir sa phrase.

– Vous ne pensiez pas quoi, capitaine ? Qu'elle allait contredire vos théories ? Car, dans le fond, vous aussi vous en avez une, pas très éloignée de celle de Magali du reste. Vous dites que la domination d'un homme sur des femmes ne peut être que d'ordre sexuel : même si le tueur ne l'exprime pas sur ses victimes, il l'exprime forcément par ailleurs. Si j'ai bien tout compris, Magali dit juste que sa démarche est plus intellectuelle. Sublimer la domination suffit à son bonheur.

– C'est tout à fait ça, commissaire, rebondit la psychologue.

Sterling leva les yeux au ciel et chercha un regard complice au sein de son équipe, sans le trouver. Après quelques instants de silence un peu gêné, Roussof conclut :

– Cette mise au point étant terminée, il est plus que temps de se remettre au boulot dans un esprit de respect mutuel et de coopération ! Est-ce bien clair pour tout le monde ?

La dernière phrase déclencha chez les policiers le même mouvement de tête du haut vers le bas, signe d'approbation générale. Seul Sterling affichait une mine boudeuse. Une fois la psy partie, l'équipe au complet se rassembla tout en évitant scrupuleusement les sujets qui fâchent. Sterling se joignit au groupe sans se départir de son air désapprobateur. Il fut décidé d'interroger les commerçants et les passants dans la rue Didot, là où le tueur présumé avait bifurqué, à l'aide d'un dessin montrant sa morphologie et ses vêtements. Le capitaine demanda à Jojo de poursuivre ses recherches, pour l'instant infructueuses, sur un éventuel ex-taulard récemment libéré qui se serait lancé dans une forme de croisade contre le 3e DPJ par assassinats interposés, et de continuer de fureter du côté de la cité de la porte de Vanves.

– Il nous manque Bernie, sur ce coup-là. Avec sa mémoire et son flair, il aurait pu nous mettre sur la voie, réagit le lieutenant.

– Je lui en ai parlé. On boit des coups souvent ensemble. Officiellement, je le sors de sa solitude. Mais, dans les faits, c'est plus lui qui me tend la main que l'inverse. En tout cas, ça n'a pas eu l'air de déclencher une quelconque illumination.

– Dommage.

Le mot de Jojo fit office de coup de sifflet final et tous se levèrent ; c'est le moment que choisit Sterling pour convier les Juju dans son bureau. Il était grand temps de les mettre au parfum, pour Pyl. D'autant plus qu'il ne pouvait pas exécuter son plan seul. Pas question pour l'instant d'y associer le reste de l'équipe et surtout pas le commissaire. Discrétion exigée ! Il avait sur ce point toute confiance en la partie féminine de son équipe.

# 32

*L'amour libre, la seule chose gaie*
*et bonne au monde.*

Guy de Maupassant

La réunion ne s'étant pas étendue – les Juju, d'abord surprises, avaient approuvé la démarche du capitaine et accepté de participer en toute discrétion à son « opération secrète » du lendemain matin –, Sterling avait envoyé un texto à Clémentine pour lui demander son programme de la soirée. Leur relation avait pris une tournure qui plaisait bien au capitaine : on a envie de se voir, on se le fait savoir, mais sans se rendre de comptes ni se promettre la lune. Il ne se faisait pas beaucoup d'illusions néanmoins sur la fragilité de ce genre d'accord tacite. Il arrivait toujours un moment où l'un ou l'autre des protagonistes dénonçait le « contrat » et c'était la pagaille assurée. On n'en était pas encore à ce stade et Sterling savourait ce début d'histoire inattendue avec ce joli brin de fille que la vie avait mis sur son chemin.

Clémentine lui avait donné rendez-vous dans un salon d'esthétique où elle finissait de se faire épiler. La décontraction de sa maîtresse ou plutôt de son « amie moderne » – une expression québécoise qui lui convenait davantage – contribuait beaucoup à son charme. Quitte à se retrouver dans des situations cocasses.

Le capitaine de police un peu bourru était assis sur un fauteuil recouvert d'une housse beige en lin, au milieu de crèmes hydratantes, repulpantes, rajeunissantes… en attendant sa dulcinée qui, les deux pattes en l'air, était en train de souffrir pour lui offrir un sexe net et rafraîchi. Il lui en était reconnaissant car les poils, ce n'était pas son truc. Pour autant, la retrouver dans ce lieu, peu fréquenté par la gent masculine, le gênait quelque peu.

La patronne, qui trônait devant son bureau pendant que sa collègue opérait, le gratifia d'un sourire forcé. Au moment où il cherchait quoi lui dire, une cliente entra dans le salon pour prendre un rendez-vous. L'esthéticienne l'accueillit d'un « Bonjour, madame » particulièrement douceâtre et ouvrit son agenda pour y noter le nom de la dame. Une opération qu'elle conclut par un « Je peux prendre son petit numéro de portable ? » qui plut beaucoup au capitaine.

Quelques instants plus tard, Clémentine fit son apparition, un grand sourire aux lèvres. Elle obligea Sterling à caresser ses longues jambes, où la bataille du poil avait bien eu lieu, sans heureusement lui demander de vérifier si l'épilation du maillot était à sa convenance. Il l'en pensait capable.

Ils sortirent gaiement du salon bras dessous, bras dessous, et décidèrent de prendre un pot en terrasse. Le mois d'août à Paris offrait de nombreuses possibilités dans ce domaine et ils mirent du temps à choisir. Ils optèrent finalement pour un bar proche du forum des Halles. À peine assise, Clémentine lui demanda :

– Et Pierre-Yves alors, tu le soupçonnes toujours d'être l'exhibo qui sévit dans mon quartier ?

– Heu, non, ou pas vraiment... En fait, on a une grosse affaire en cours et on a mis celle-ci de côté.

Pris de court, Sterling avait balbutié cette réponse, s'en voulant intérieurement de ne pas avoir anticipé la question que Clémentine était en droit de lui poser.

– Tant mieux dans un sens, parce que ça m'a fait de la peine de l'imaginer capable de tels actes. Du coup, quand je le croise, je ne suis plus très à l'aise. Lui, en revanche, a l'air de péter le feu. Il m'a dit l'autre jour, avec un air un peu mystérieux, qu'il faisait des expériences intéressantes...

Sterling eut du mal à réprimer un rictus de dégoût en se remémorant le Pyl en question en train de se faire sucer au bois de Boulogne. Il se garda bien d'en faire part à Clémentine et se demanda comment réagir. Il tenta un « Ah bon ? » que la jeune femme prit pour un encouragement à poursuivre. Il aurait pourtant mille fois préféré passer à un autre sujet, celui-là étant dangereux à plus d'un titre : il ne fallait pas compromettre son plan, mais si celui-ci aboutissait, il devrait se justifier auprès de Clémentine. Et cette conversation ne plaiderait pas en sa faveur.

Elle enchaîna :

– Tu sais, ça nous a mises en porte-à-faux, Jocelyne et moi, ce que tu nous as demandé : ne rien dire à Pierre-Yves de ta visite et ne pas parler des soupçons qui pesaient sur lui. Je le croise presque tous les jours et je l'apprécie. Je ne sais pas si vous, la police, avez conscience de ça ?

– Oui, bien sûr, mais nous n'avons pas toujours le choix.

La réponse ne sembla pas convaincre la jeune femme, qui prit un air renfrogné.

– En tout cas, avec ce genre de procédé, vous ne pouvez pas vous étonner qu'on ne vous aime pas...

La tournure de la conversation commençait à déplaire sérieusement à Sterling, peu enclin à justifier ses actes auprès de citoyens totalement inconscients du travail que menait la police pour les protéger du mal. Un travail ingrat, souvent invisible et pourtant l'un des plus durs qui soient : se prendre en pleine face la monstruosité humaine et tenter d'en limiter les dégâts. Une colère sourde monta en lui et il fit un gros effort pour n'en rien laisser paraître. Il prit le ton le plus agréable possible et finit par dire :

– Tu as raison, j'ai été un peu vite en besogne et je m'en excuse. Je vais remettre mes équipes sur cette affaire pour tenter de l'éclaircir au plus vite et, je l'espère, disculper ton voisin.

Il accompagna ses propos d'un geste tendre, une caresse sur la joue, qui eut l'air de faire effet. Clémentine quitta sa mine boudeuse et un sourire enfantin apparut sur son joli minois. Puis, soudain, le ton se fit plus grave :

– Au fait, je ne t'ai pas demandé… Tu es de quel signe ?

– Qu'est-ce qu'on en a à foutre ? répondit Sterling en sursautant.

– Vu ta réaction et ton attitude en général, je dirais « Scorpion ». Je me trompe ?

– Non. Mais…

– Je le savais… Moi, je suis Bélier. Autant te dire qu'on n'est pas vraiment compatibles.

Sterling scruta la réaction de la jeune femme suite à ce jugement aussi soudain que sévère. Elle le regarda quelques instants, puis éclata de rire.

– Si tu voyais ta tête… !

– Ben, mets-toi à ma place, j'ai cru nos derniers instants arrivés…

Clémentine sourit puis l'enlaça et l'embrassa goulûment.

Une demi-heure plus tard, ils étaient tous deux presque nus sur le lit de Sterling. En enlevant le string de la jeune fille, il découvrit son sexe intégralement épilé. D'abord un peu surpris – les femmes de son âge étaient peu adeptes de ce genre de pratique radicale, pour ce qu'il en savait –, cette vision intensifia d'un coup son excitation. Il s'acquitta de sa mission avec ardeur et précision. Il ne fallut pas plus de deux minutes à Clémentine pour jouir. Un orgasme profond, sonore, flatteur. Il la laissa reprendre ses esprits et se mit sur le dos afin que la jeune femme lui rende la pareille. Elle s'exécuta à son tour avec enthousiasme.

Quand ils eurent fini leurs ébats, ils grignotèrent un morceau en regardant un vieux film d'Abel Ferrara, *Bad Lieutenant*. À peine le générique terminé, Clémentine commenta, sur un ton que Sterling trouva légèrement provocateur :

– Y a quand même des gens chelous dans la police !

– « Des gens chelous » ! Mais comment tu parles ? T'as plus 15 ans, Clem…

– Je parle comme je veux, OK ! Et je le répète : y a des gens grave chelous dans la police. Je crois même que tu en fais partie.

– Et alors, ça t'excite, non, de baiser avec un mec chelou, comme tu dis si bien ? Ça te fait quoi, hein, dis-moi ?

En disant ces mots, Sterling s'était levé et s'approchait de Clémentine en la fixant droit dans les yeux. La jeune femme, assise sur l'un des sièges du salon, eut un mouvement de recul.

– Arrête, tu me ferais presque flipper, dit-elle d'une voix qui se voulait assurée.

– Normal, c'est mon métier ! Je fais peur aux gens pour éviter qu'ils s'en prennent à des pauvres petites filles sans défense, comme toi.

– Ça y est, c'est reparti. Tu vas me refaire ton baratin, comme à la soirée de ma copine ! Enfin, si tu t'en souviens, vu que quand tu picoles ça yoyotte un peu dans ton cerveau…

Sterling prit cette dernière remarque comme une gifle. La colère monta d'un cran, suivie de près par sa sœur jumelle, l'envie de faire mal. La mimique que Clémentine vit se dessiner sur le visage de son amant provoqua comme un déclic : elle se précipita dans la chambre, claqua la porte derrière elle, réapparut quelques instants plus tard habillée de pied en cap et sortit de l'appartement en hurlant :

– Vous êtes vraiment un connard, David Sterling !

Le policier ne réagit pas. Il resta prostré dans son fauteuil un long moment et finit par aller se coucher. Il ne ferma pas l'œil de la nuit.

# 33

*Chaque personne que tu rencontres*
*mène un combat dont tu ne sais rien.*
*Sois gentil. Toujours.*

Wendy Mass

Sterling était en planque devant le domicile de Pyl depuis deux heures et il commençait déjà à ressentir les premiers signes de fatigue. Les dernières nuits avaient été agitées ; il n'arrêtait pas de cogiter sur les propos de la psy, son acharnement à voir en Pyl le coupable idéal, l'enquête qui s'enlisait – la description de Samba n'ayant pour l'instant pas servi à grand-chose –, ses propres pertes de conscience de plus en plus fréquentes quand il avait trop bu… et son engueulade de la veille avec Clémentine. Il ne mesurait pas encore dans quelle proportion cet épisode pouvait mettre à mal leur histoire. Mais il y aurait un avant et un après. La question de fond qu'il peinait à affronter était surtout : est-ce qu'il ne faisait pas tout pour que ça foire ? Un scénario qu'il connaissait par cœur mais qui s'invitait régulièrement dans sa vie sans qu'il ait la sensation d'en être l'auteur. La malédiction rôdait toujours et il se sentait désarmé face à elle.

Il décida de chasser cette idée noire de ses pensées et commença à lire le journal sur son téléphone. Il parcourut un énième article du *Parisien* sur le meurtre de Mélanie Glebocki – suite à l'entretien avec la psy, le commissaire avait recommandé de jouer franc jeu avec les médias, une satisfaction narcissique de plus pouvait mettre une pression supplémentaire sur le tueur et l'amener à commettre l'erreur tant espérée –, puis prit dans son kit « planque du matin » une barre chocolatée, qu'il croqua lentement. C'est ce moment que choisit Pyl pour sortir de chez lui. Sterling s'en félicita – un samedi matin, l'attente aurait pu durer longtemps –, d'autant plus que son plan comprenait une immense part d'improvisation et qu'il avait hâte de passer à l'acte. Il se demanda néanmoins ce qui avait bien pu tirer du lit le petit monsieur. Sterling eut rapidement la réponse. Tout en sifflotant, Pyl se rendit au marché de son quartier et y acheta des légumes et des fruits en abondance, qu'il rangea soigneusement dans un grand panier en paille. Il se dirigea ensuite vers une petite place et s'assit à une terrasse de café. Sterling, casquette sur la tête et lunettes noires sur le nez, le suivait toujours. Pyl commanda une noisette et commença à regarder son portable. Il avait téléchargé la veille une application de rencontres qui permettait de géolocaliser les personnes inscrites, des hommes en l'occurrence. Fallait bien varier les plaisirs ! Pyl passait d'un profil à l'autre tout en touillant son café. Sterling décida de s'approcher et s'assit à la table d'à côté. Grâce à un grand *P* bleu (la couleur prédominante pour la version homo) en haut à gauche de l'écran, il put identifier l'application utilisée par Pyl. Et apercevoir un étalement de torses masculins, épilés pour la plupart. Le flic héla le serveur, commanda un express et se leva pour aller aux toilettes. Une fois à l'intérieur, il appela Stefan.

– Stefan, c'est Sterling. As-tu sur ton téléphone l'application Pretender ?

– Oui, bien sûr, répondit son interlocuteur.

– Parfait. Tu es bien à Pernety, comme je te l'avais demandé ?

– Oui, mon capitaine, gloussa le jeune homme.

– Encore parfait. Alors voilà ce que tu vas faire...

Quelques instants plus tard, Sterling revint à sa table, où son café l'attendait. Il vit apparaître le jeune Roumain, qui s'attabla à trois mètres de Pyl sans lui jeter un regard. Il commanda à son tour, prit son téléphone et se connecta à Pretender. En un temps record, il repéra Pyl sur l'application et fit mine de chercher autour de lui avec un air mi-surpris, mi-amusé. Leurs regards se croisèrent et ils échangèrent un sourire un peu gêné en désignant chacun leur téléphone. Stefan fit alors un geste de la main signifiant de manière fort explicite « Puis-je m'asseoir à votre table ? », ce que Pyl accepta sans se faire prier. Après s'être esclaffés de concert sur l'aspect comique de la situation, ils entamèrent une discussion sur les bienfaits des réseaux sociaux en matière de rencontres homos.

Tout en écoutant d'une oreille leur conversation, Sterling sortit son iPhone et envoya un texto aux Juju afin de les prévenir que le poisson avait mordu à l'hameçon.

Pyl proposa à Stefan de lui payer un café, celui-ci accepta en le gratifiant d'un sourire ingénu qui sembla faire mouche. Sterling observait du coin de l'œil le jeune prostitué se transformer en séducteur professionnel, frôlant le bras de Pyl avec la main, penchant la tête d'un côté...

Il fallut vingt minutes pour que Pyl invite Stefan à l'accompagner à son domicile. Ce dernier fit mine d'hésiter tout en minaudant d'une manière éhontée – Sterling faillit même s'en étrangler, tant la scène lui paraissait comique. De l'extérieur, l'artifice semblait évident, mais Pyl, avide d'expériences nouvelles, comme il l'avait confié à Clémentine, jouait les premiers rôles avec une sincérité presque touchante.

Ils se levèrent enfin et se dirigèrent vers la rue du Château. Sterling les suivit et s'assura qu'ils s'engouffraient bien tous deux dans l'immeuble du comptable. Il se posta devant la porte et attendit. Stefan en ressortit une heure plus tard et en apercevant Sterling lui fit un signe de tête qui voulait dire « Oui ». Le capitaine appela aussitôt Juliette.

Une demi-heure plus tard, le jeune homme était assis en pleurs devant les deux lieutenantes, expliquant qu'il venait de se faire violer par un dénommé Pierre-Yves Lemaître, qui habitait à tel endroit, que ce monsieur bien plus âgé que lui l'avait invité à boire un café dans son appartement, qu'il l'avait suivi sans se méfier, etc. Les Juju prenaient sa déposition en tentant de contenir le début de fou rire provoqué par le récit hystérique du Roumain. Bertin, assis au bureau le plus proche, ne perdait pas une miette de la scène et, pour la rendre totalement crédible, les jeunes femmes firent mine de se souvenir d'un certain Pierre-Yves, arrêté récemment pour frotteurisme. Après description, Stefan confirma que ce pouvait bien être le même homme. Juliette appela Sterling pour l'informer de la situation et lui demander son approbation sur la marche à suivre – face à Bertin, la procédure devait être respectée à la lettre –, puis les deux lieutenantes laissèrent momentanément Stefan à son « désespoir ».

Trente minutes s'étaient écoulées quand elles revinrent, accompagnées de Pyl, l'air fort mécontent. Quand il aperçut Stefan, il le regarda d'un air interloqué. Il lui adressa la parole, mais le jeune homme ne lui jeta même pas un regard. Sterling, qui avait pris la peine de se changer pour s'assurer que Pyl ne le reconnaîtrait pas malgré les précautions prises, observait la scène de son bureau. Satisfait de la façon dont il avait mis Stefan et Pyl en relation par le biais de l'appli Pretender, alliée inattendue de l'opération, Sterling n'en était pas moins soucieux. Stefan, qui avait un petit faible pour lui, avait accepté de jouer les appâts moyennant une somme d'argent assez rondelette, sans poser de questions. Il pouvait très bien être accusé de faux témoignage par la suite, ce qui aurait des conséquences fâcheuses sur la vie du jeune Roumain, même s'il se rétractait. Le flic repensa au reproche qu'avait formulé Clémentine à son endroit, mais décida de remettre à plus tard son examen de conscience. Le plus urgent, c'était d'interroger Pierre-Yves Lemaître.

*

Pyl fut emmené dans la salle d'interrogatoire. On le força à s'asseoir et il obtempéra en hurlant qu'il ne comprenait pas ce qu'il faisait ici, qu'il n'avait rien à se reprocher, que la police s'acharnait sur lui... Sterling observait la scène derrière une glace sans tain, en attendant que Pyl se calme. Au bout d'un moment, ce dernier finit en effet par se taire. Prostré, la tête dans les mains, le comptable semblait avoir déposé les armes. Le policier choisit cet instant pour faire son entrée.

– Bonjour, monsieur Lemaître, je suis le capitaine David Sterling. Savez-vous pourquoi on vous a amené ici ?

Pyl avait relevé la tête en entendant Sterling entrer. Il le regarda droit dans les yeux.

– Je n'en ai aucune idée, répondit-il. Mais je sens que vous allez me le dire.

– Vous lisez dans mes pensées, monsieur Lemaître. Connaissez-vous un dénommé Stefan, Stefan Berbec ?

– Je ne connaissais pas son nom de famille, mais je présume que c'est le jeune homme que j'ai rencontré ce matin, pour la première fois de ma vie.

– Et à quelle occasion l'avez-vous rencontré ?

Pyl hésita, cherchant visiblement ses mots.

– Monsieur Lemaître, je vous ai posé une question…

– Oui, oui, j'ai bien entendu. Je… je l'ai rencontré à une terrasse de café près de chez moi.

– À une terrasse de café… Intéressant. Et comment avez-vous engagé la conversation ?

– Eh bien… Nous étions tous deux connectés à Pretender, une application qui permet de géolocaliser…

– Oui, je connais, l'interrompit le flic.

– Ah, vous êtes inscrit, vous aussi ? demanda Pyl avec aplomb.

– Bien sûr que non, rétorqua Sterling, surpris par l'attitude du comptable.

– Nous y voilà. Je me demande soudainement si je ne suis pas l'innocente victime des habituels préjugés contre les homosexuels qui font certainement rage par ici. Je me trompe ?

– Je vous déconseille fortement d'user de ce type d'arguments bidon, monsieur Lemaître. Les faits que l'on vous reproche sont graves, très graves même, et la peine encourue conséquente. Alors nous allons tranquillement reprendre le cours de notre petite conversation, sans nous perdre dans des chemins de traverse…

– J'ai pour ma part toujours préféré ce type de trajectoires aux autoroutes sans relief et sans surprise. Ce n'est pas votre cas, capitaine ? Il y a quelque chose en vous qui me fait penser que nous nous comprenons…

Sterling eut toutes les peines du monde à cacher son exaspération. D'autant que Pyl faisait preuve d'une assurance totalement inattendue. Le comptable ne le lâchait pas des yeux, comme s'il essayait de le percer à jour, de s'aventurer dans les tréfonds de son âme. Il se reprit :

– Monsieur Lemaître, faites le malin si ça vous chante. Cela ne m'empêchera pas de mener à bien cet interrogatoire. Il durera juste un peu plus de temps que prévu, voilà tout.

– Mais faites donc, capitaine. Je suis disposé à répondre à toutes vos questions, réagit Pyl avec un ton de défi dans la voix qui déplut fortement à Sterling. Que vouliez-vous savoir, déjà ?… Ah oui, comment j'ai croisé cette petite pute de Stefan ?

– « Pute » ? Vous avez payé pour ses services ?

– Pas le moins du monde. Comme j'ai commencé à vous l'expliquer, nous nous sommes reconnus sur Pretender – et pour cause, nous étions à trois mètres l'un de l'autre – et il est venu à ma table. Une chose en amenant une autre, je l'ai invité chez moi, il a accepté sans se faire prier et nous avons couché ensemble. Il est reparti une heure plus tard. Fin de l'histoire.

– Vous êtes adepte de ce genre de rencontre ?

– Pas du tout. C'était ma première fois... et, vu la tournure que prennent les choses, sans doute la dernière.

– Vous êtes donc homosexuel...

– Pas vraiment, l'interrompit Pyl. Je suis... là où le vent me porte.

– Je vois en effet dans votre dossier, que les lieutenantes Perrault et Blanchard m'ont transmis que vous vous adonniez il y a peu au frotteurisme.

– C'est de l'histoire ancienne.

– Pas si ancienne que ça, apparemment. Vous étiez dans nos murs il y a quelques jours, suite à un flag.

– Je sais, capitaine, je sais. Et pourtant, cela va sans doute vous étonner, mais j'ai beaucoup changé, depuis.

– Changé ?

– Oui, je cherche ma voie et pour y parvenir je tente des expériences.

– Le viol en fait partie ?

– Absolument pas. Je vous l'ai dit, ce petit pédé est venu chez moi de son plein gré. Nous avons baisé en adultes responsables et consentants et basta !

Pyl avait prononcé ce dernier mot avec un peu plus de nervosité. Sterling décida de s'engouffrer dans la brèche :

– Que faisiez-vous dans la nuit de jeudi à vendredi, monsieur Lemaître ?

– Ce que je faisais dans la nuit de jeudi à vendredi ?

– Oui, c'est bien ce que je vous demande. Que faisiez-vous, avec qui et à quel endroit ?

– En quoi cela vous regarde-t-il, tout policier que vous êtes ?

– Je n'ai en aucun cas à justifier mes questions, monsieur Lemaître. Répondez, c'est tout.

Pyl sembla réfléchir à toute vitesse. Sterling, qui l'observait, crut lire un début de panique dans l'attitude du comptable.

– Je veux un avocat, finit par dire Pyl.

– Un aveu de culpabilité, monsieur Lemaître ?

– De quelle culpabilité parle-t-on ? Je veux un avocat, c'est tout.

– Étonnant qu'une question aussi simple que celle que je viens de vous poser suscite une telle réaction…

– Je me fous totalement de vos interprétations à la mords-moi-le-flic. Je veux un avocat. Je ne dirai pas un mot de plus.

Sterling regarda Pyl une longue minute afin de jauger s'il y avait une possibilité qu'il change d'avis. Constatant que ce ne serait pas le cas, il se leva et sortit de la salle après avoir demandé à Jojo d'escorter Pyl jusqu'aux geôles du commissariat.

Quelques heures plus tard, le capitaine se retrouva face à Pyl et à son avocat, un vieux roublard du barreau que le flic avait croisé à maintes reprises.

– Maître Roger, comment allez-vous ? interrogea le flic.

– Parfaitement bien, capitaine. Pas mécontent de me trouver dans cette salle avec vous et prêt à extirper mon client de vos griffes acérées.

– Le ring étant installé, nous pouvons donc reprendre là où nous nous étions arrêtés, lança Sterling, un sourire en coin. Avant que vous ne fassiez votre entrée, maître, je demandais simplement à votre client ce qu'il faisait dans la nuit de jeudi à vendredi, aux alentours de 23 h 30 pour être précis...

Pyl fixait Sterling d'une façon encore plus intense qu'au début de leur entretien. Il semblait prêt à bondir et à lui arracher les yeux.

– Avant que mon client ne réponde, je voudrais bien savoir en quoi cela a un rapport avec le témoignage mensonger du petit Roumain, s'enquit l'avocat.

– Mensonger, on n'en sait rien pour l'instant. L'enquête le dira. Quant à ma question, je suis seul juge de sa pertinence. Si votre client n'a rien à se reprocher, qu'il réponde. Plus il persiste dans le silence, plus il aiguise nos soupçons.

– Je ne peux pas croire un seul instant que vous prêtiez la moindre crédibilité aux allégations de ce jeune garçon, capitaine. Et si c'était le cas, nous aurons très vite fait de prouver que vous avez tort. Pour le reste, je vais laisser mon client vous répondre. Donnez au capitaine Sterling l'information qu'il réclame, dit l'avocat en s'adressant à Pyl.

Pyl s'exécuta de mauvaise grâce :

– J'étais chez moi, en train de regarder un film.

– Quelqu'un peut-il le confirmer ?

– Non, j'étais seul.

– Avez-vous croisé un voisin qui pourrait corroborer vos dires ?

– Non.

– Nous y voilà. Je comprends mieux pourquoi vous rechigniez tellement à me cracher votre Valda, monsieur Lemaître.

– Être seul chez soi n'est pas un crime, que je sache, rétorqua l'avocat avec ironie. Ou alors la surpopulation carcérale va vite devenir ingérable.

– Ce n'est pas un crime, non. Mais tuer une jeune fille à l'arme blanche dans un square du 14e arrondissement, c'en est un.

Sterling observa attentivement la réaction des deux hommes, qui semblèrent encaisser ses propos sans frémir.

– Et en quoi cela concerne-t-il mon client ? finit par dire l'avocat.

– En quoi ? réagit Sterling. Vous n'êtes pas sans savoir que M. Lemaître a été arrêté pour frotteurisme il y a quelques jours de cela et…

– Arrêté et relâché aussitôt, l'interrompit maître Roger.

– Je vous l'accorde. La faute à la compassion ou à je ne sais quel concept pseudo-humaniste. Mais le CV de votre client ne s'arrête pas là. Il y a cinq ans, il a menacé une jeune femme à l'arme blanche…

– Une affaire classée sans suite, vous l'aurez noté comme moi, capitaine.

Sterling enchaîna, sans réagir à la remarque de l'avocat :

– Et ce matin, un dénommé Stefan Berbec se rend en pleurs dans nos locaux, accusant votre client de viol. Ça commence à faire beaucoup, vous ne trouvez pas ?

– Et encore, vous ne savez pas tout, capitaine.

Pyl avait prononcé cette phrase avec un étonnement non feint, teinté d'une fermeté surprenante. Il semblait maître de ses émotions, sûr de son bon droit. Un sang-froid qui provoqua un frisson chez le policier. Pyl poursuivit :

– En ce moment, je suis avide d'expériences. J'ai récemment payé pour un service sexuel au bois de Boulogne.

– Grand bien vous fasse. Sauf que nous savons tous que la recherche de l'excitation et du plaisir à tout prix peut mener loin dans la surenchère. Le viol, c'est un amuse-bouche à côté de l'extase provoquée par le meurtre.

– Vous semblez savoir de quoi vous parlez, capitaine, rebondit Pyl, d'une voix glaciale.

Sterling le fusilla du regard, tentant de paraître totalement maître de lui-même.

Un silence pesant régnait dans la petite salle d'interrogatoire. Pyl et Sterling ne se quittaient pas des yeux, se défiant mutuellement. L'avocat assistait à ce duel silencieux, l'air un peu décontenancé par la tournure que prenait l'interrogatoire.

– Messieurs, je commence à trouver votre dialogue légèrement nauséabond, dit-il enfin. Capitaine, avez-vous la moindre preuve de ce que vous avancez, à savoir, si je vous suis bien, que mon client aurait quelque chose à voir avec le meurtre de cette jeune fille ? Si oui, nous serions curieux d'en prendre connaissance. Sinon, finissons-en.

– Je n'ai en effet pas la preuve de ce que j'avance, comme vous dites, mais il se trouve qu'un témoin oculaire a aperçu un homme sur la scène de crime très peu de temps après que celui-ci a été commis. Et que la description qu'il en a faite pourrait correspondre à la morphologie de votre client.

– Intéressant comme théorie. Car si j'en crois la presse, qui ne dit pas que des bêtises, ce meurtre n'est pas un cas isolé. Pourquoi n'interrogez-vous pas mon client sur son alibi lors des trois autres assassinats, car nous en sommes bien à quatre, n'est-ce pas ? Un vent de panique ne soufflerait-il pas sur la police, capitaine ? D'où votre acharnement à trouver un coupable le plus vite possible. J'imagine d'ici la pression que vous devez subir.

– La pression me va bien au teint, maître. Elle stimule mon cerveau au lieu d'en annihiler les capacités. Au regard du premier interrogatoire de votre client dans ces murs, la cloison qui sépare les affaires les unes des autres vient tout à coup de fondre comme neige au soleil. Des comportements sexuels particuliers, un physique correspondant à la morphologie de l'homme aperçu sur la dernière scène de crime, sans compter que M. Lemaître habite non loin de là... C'est plus qu'il n'en faut pour faire un lien entre tous ces éléments, vous ne trouvez pas ?

– Mais liez, capitaine, liez et reliez. Pas sûr qu'il en reste quelque chose. Quoi qu'il en soit, nous sommes prêts à livrer cette bataille, si tel est votre souhait.

– Ring posé, shorts, casques et gants de boxe enfilés... Manque plus que l'arbitre. Je défère Pierre-Yves Lemaître devant le juge d'instruction pour les accusations de viol. Nous organiserons par ailleurs une reconstitution du meurtre de Mélanie Glebocki avec votre client en *guest star*. Bref, le match ne fait que commencer, conclut Sterling en se levant.

Pyl et l'avocat en firent autant. En passant la porte, le comptable s'arrêta brusquement.

– Capitaine, ce que vous voyez en moi n'est que le reflet de votre âme perturbée. Vos yeux vous trahissent. Vous avez peur, peur de vous-même, de la part d'ombre que vous sentez vous envahir et que vous ne parvenez pas à maîtriser. Je connais cette sensation, capitaine. Mais moi, j'ai appris à la dompter. Et c'est pour cela que vous m'avez choisi : projeter sur moi vos propres démons vous a paru si évident. Quel soulagement cela a dû provoquer ! Mais il est grand temps de vous regarder dans la glace, Sterling. Et si le monstre, c'était vous ?

Le policier avait écouté Pyl sans l'interrompre, comme tétanisé. Aucun son ne put sortir de sa bouche.

– Je vous souhaite une bonne journée, capitaine.

Durant quelques instants, Sterling resta immobile dans l'embrasure de la porte. Il fallut l'intervention de Justine, qui n'avait rien raté de l'interrogatoire, pour le sortir de sa torpeur. Derrière elle, le commissaire Roussof, encore sous le coup de la sortie pour le moins théâtrale de Pyl.

– David, reprends-toi, dit-elle. Qu'est-ce qui t'arrive ? Tu ne vas pas me dire que ce gnome t'a déstabilisé avec sa théorie à la con ?

Le flic l'observa, l'air hagard.

– Je dois... je dois passer un coup de fil, finit-il par dire.

Justine et Roussof le regardèrent s'éloigner sans s'interposer.

*

– Allô, Sarah, c'est moi.

– Salut, frérot. Ça va ?

– Non, on ne peut pas dire ça.

– Ben, j'entends ça. Tu as une voix d'outre-tombe. Que se passe-t-il ? C'est grave ? Tu veux que je vienne ?

– Non, non, reste avec ta famille. J'avais juste besoin de te parler de...

Sterling marqua une pause.

– De quoi ? l'encouragea sa sœur.

– De nous, de toi, de notre mère…

– Pourquoi ? Pourquoi maintenant ?

– J'ai l'impression de perdre la boule par moments. J'ai comme des absences, des accès de violence que j'arrive encore à contrôler mais…

– Mais ?

– Tu crois que je pourrais commettre un meurtre ?

– Toi ?! Mais ça va pas, quelle drôle d'idée ! Tu me fais une blague ou quoi ? Y a des caméras cachées quelque part ?

– Je suis très sérieux, Sarah. La violence, c'est comme un virus. On l'a en soi. Il peut être endormi et tu ne sais pas que tu en es porteur. Et puis, un jour, il se met à attaquer des organes ou le cerveau. Tu as ce virus, j'ai ce virus, un cadeau maternel dont on se serait bien passés.

– David, qu'est-il arrivé exactement ?

Le policier, assis dehors sur les marches du 3e DPJ, décida de passer outre le secret professionnel, comme il l'avait fait avec Bernie, et raconta l'enquête à sa sœur, les différents crimes, ses trous de mémoire liés à l'alcool, les gants, l'assassinat de la Chinoise et les doutes qui pesaient sur son lien avec les trois autres meurtres, les propos tenus par le frotteur et son engueulade avec Clémentine. Sarah écouta attentivement, avec toute la bienveillance que lui inspirait ce grand frère qu'elle aimait tant. Quand il se tut, elle se contenta de dire :

– Tu es flic, le meilleur moyen de connaître la vérité, c'est d'enquêter pour te disculper.

Je ne crois absolument pas que tu sois capable de tuer. En revanche, je vis avec l'angoisse qu'on m'apprenne un jour que tu t'es brûlé la cervelle. L'autodestruction, ça te connaît. Tu ne fais que la pousser un peu plus loin en t'accusant d'un crime, ou de plusieurs, que tu n'as évidemment pas commis. Va voir un psy, David. Soigne-toi, s'il te plaît.

Le flic allait répondre quand il aperçut Roussof, l'air furibard, qui s'approchait de lui à grands pas.

– Je te laisse, le devoir m'appelle. On reparle de tout ça très vite.

Il raccrocha. Arrivé à sa hauteur, le commissaire éructa :

– Sterling, qu'est-ce que vous foutez, mon vieux ? On vous cherche partout. Les pontes du ministère et de la préfecture ont ordonné que l'on organise une nouvelle conférence de presse sur l'enquête. Je leur ai relaté l'arrestation de ce matin et ils veulent s'engouffrer dans la brèche, sur le mode « on tient peut-être un suspect », etc. Vous êtes évidemment désigné volontaire, capitaine.

Le flic le regarda d'un air résigné et se leva mollement. Tous deux retournèrent dans les locaux sans échanger un mot.

Quelques heures plus tard, Sterling se retrouva à nouveau sur le perron, entouré de micros, dictaphones et autres cahiers. Il se contenta de faire un point succinct sur l'enquête et de répondre aux questions des journalistes avec parcimonie.

Une fois le devoir accompli, il retourna à son bureau, épuisé. À peine cinq minutes s'étaient écoulées que Jojo vint toquer à sa porte, la mine défaite.

– Que se passe-t-il, Jojo ? Tu tentes de paraître encore plus déprimé que moi juste par solidarité ? À moins que ce ne soit de la pitié…

– David, le gantier que nous avions interrogé après le meurtre de Fa Xing a appelé. Tu te souviens, il avait pensé à l'un de ses clients qui aurait pu correspondre à la vague description que nous lui avions faite. Mais il ne parvenait pas à retrouver son nom…

– Oui, je me souviens, répondit Sterling, la voix blanche.

– Eh bien, l'homme en question, il assure que c'est toi. Il vient de voir des images de la conférence de presse, il t'a immédiatement reconnu.

Sterling se leva doucement et suivit Jojo dans le bureau du commissaire.

# 34

*La raison se compose de vérités*
*qu'il faut dire et de vérités qu'il faut taire.*

Rivarol

Sterling était assis dans le bureau de Roussof, l'air abattu et penaud. En face de lui, le commissaire le dévisageait avec intensité. Seul Jojo assistait à la scène.

– Capitaine, je vous le redemande encore une fois : pourquoi n'avoir rien dit au sujet de ce gantier ?

– Je… je ne sais pas, balbutia le flic. Si je l'avais fait, je craignais que l'attention ne se porte sur moi et ne nous fasse perdre un temps précieux.

– Pas faux, car c'est évidemment ce qui est en train de se produire, mais en bien plus compliqué à gérer que si vous en aviez parlé dès le début. Votre silence, votre attitude de ce matin face à Lemaître, qu'est-ce qui vous arrive, putain de bordel de merde ? C'est la pression, la frustration accumulée dans cette affaire, votre instinct légendaire de flic qui vous fait défaut ? C'est quoi, David ?

– Je passe peut-être par une phase un peu difficile. Mais ça n'a aucune incidence sur l'enquête, chef.

– Je n'en suis pas si sûr, et vous savez comme moi qu'après ce qui vient d'arriver nous allons devoir mener un interrogatoire en bonne et due forme. Le juge a d'ores et déjà diligenté une perquisition à votre domicile, au cas où on retrouverait un gant en pécari noir auquel il manque un bout… Rien que l'idée, ça me glace le sang. Et vous aurez bien sûr à justifier de vos alibis les soirs des crimes. J'espère que vous en avez de solides, Sterling, que l'on mette rapidement fin à cette séquence peu glorieuse et qui s'annonce pénible pour tout le monde. Mais vous ne nous laissez pas le choix, capitaine.

– Faites votre devoir, commissaire. Je connais la procédure et je m'y plierai.

– En attendant les premières conclusions de l'enquête, vous et votre équipe êtes dessaisis de l'affaire. Et vous allez devoir me rendre votre arme et votre insigne.

– Évidemment. Néanmoins, si je peux me permettre une recommandation avant de tirer ma révérence : procédez à la reconstitution du dernier meurtre avec Pierre-Yves Lemaître en tueur potentiel. Mon instinct n'est peut-être pas complètement hors service.

– Permettez-moi d'en douter. Je ne vois pas en ce monsieur un tueur en série. Et la performance d'acteur du petit Roumain sent l'arnaque à plein nez. Une arnaque dont vous ignorez tout, rassurez-moi, capitaine.

– Absolument, mentit Sterling.

– C'est déjà ça. Nous allons donc procéder à l'interrogatoire. Ça ne sera pas une partie de plaisir, ni pour vous ni pour moi, mais on n'a pas le choix.

Durant une heure, la psyché du capitaine fut décortiquée, ses visites chez le gantier analysées, son emploi du temps mis à nu. Le capitaine avait un alibi solide le soir où Mélanie Glebocki avait perdu la vie : il était en compagnie de Clémentine, qui confirma ses dires. Elle relata également leur dernière entrevue, décrivant un homme métamorphosé par la colère, comme rongé de l'intérieur. Un élément à charge pour le capitaine, qui, de plus, n'avait aucun alibi pour les autres meurtres. Pire, concernant la nuit où Fa Xing avait été tuée, il fut même incapable de décrire ce qu'il avait fait ce soir-là. Fort de ces éléments, le commissaire décida de le renvoyer à son domicile et lui interdit de prendre contact avec les différents protagonistes de l'histoire. Une fois chez lui, il ne put que constater les dégâts causés par la perquisition. Un peu plus tard dans la soirée, Roussof lui apprit ce qu'il savait déjà : les policiers n'avaient trouvé aucune trace d'un gant en pécari abîmé. Les siens, en parfait état, avaient été saisis pour être analysés.

*

Il était minuit environ quand eut lieu la reconstitution, rue des Thermopyles. Pyl avait été coiffé d'une casquette et habillé d'un jean et d'un tee-shirt bleu foncé pour correspondre en tout point à la description du locataire : aucun détail n'avait été omis, jusqu'à la couleur du sac plastique rigoureusement identique à celle mentionnée par M. Samba. Le 3e DPJ ayant été dessaisi, les policiers de la Criminelle, parfaitement briefés par Roussof, s'affairaient. Deux d'entre eux avaient été placés aux côtés du témoin, dans son appartement, et transmettaient par talkie-walkie au reste de l'équipe la position du tueur telle que décrite par le locataire derrière ses jumelles.

Même après avoir fait placer Pyl à l'endroit exact où il se rappelait avoir vu le suspect, M. Samba eut toutes les peines du monde à se prononcer, demandant aux policiers de faire bouger le comptable d'un centimètre à gauche puis à droite, de lui faire baisser la tête, de lui faire serrer le sac un peu moins fort… Au bout d'un quart d'heure de mise en scène, il finit par lâcher un « Non, ce n'est pas lui » qui provoqua un mélange de colère et de dépit parmi les policiers. Ce Pyl était le coupable idéal, celui qui pouvait mettre fin à cette enquête et aux suspicions qui pesaient sur l'un des leurs. D'autant plus qu'après un nouvel interrogatoire mené par la Crim les alibis de Pyl concernant les quatre soirs où le tueur avait sévi se révélèrent des plus flous. Encore un drame de la solitude urbaine, leur avait rétorqué Lemaître, sans se départir d'un aplomb qui constituait désormais sa marque de fabrique. Quand il apprit que Gigi avait été entendue comme témoin, il avait éclaté de rire, et dit espérer que les flics avaient passé du bon temps avec sa génitrice. « Une sacrée personnalité, vous ne trouvez pas ? » avait-il balancé. De fait, la mère de Pyl, après avoir gueulé comme un putois contre les procédés de la police, avait fini par se calmer et par jurer ses grands dieux que son fils était bien incapable de tuer quelqu'un. « Si seulement ! On se marrerait un peu plus aux repas de famille », avait-elle ajouté, très sérieusement.

Sur les conseils de Clémentine, Jocelyne fut également convoquée. La voisine de Pyl relata d'emblée la visite de Sterling et le prétexte choisi pour les interroger. Un nouveau point noir pour le capitaine, qui semblait s'être obstiné envers et contre tout à voir dans le petit comptable un tueur en série. L'invective à son encontre émise par Pyl et répercutée par Roussof résonna tout à coup différemment aux oreilles des flics de la brigade. De leur côté, les Juju s'étaient bien gardées de faire montre de la même transparence que leur chef et avaient choisi de taire le coup monté contre Pyl avec l'aide de Stefan. Il ne faudrait pas longtemps aux enquêteurs pour comprendre que le petit Roumain était un indic du capitaine. Mais ce temps, même infime, Sterling pourrait le mettre à profit pour prouver qu'il n'avait rien à se reprocher. Et pour ça, il fallait qu'il reste en liberté.

Dans la soirée, le commissaire réunit l'ensemble de la brigade. Il savait à quel point de tels événements pouvaient déstabiliser une équipe. Un *serial killer* rôdait et jusqu'à preuve du contraire, ce n'était pas Sterling le coupable. Il fallait laisser les collègues travailler et garder leur calme coûte que coûte, c'était son rôle de le rappeler :

– Étant donné les circonstances, je vous remercie tous d'être restés aussi tard. Je sais ce que vous devez ressentir parce que je ressens la même chose. David Sterling est un bon flic, un collègue sur qui on peut compter et, pour certains d'entre vous, un ami. C'est sans doute aussi un innocent. Les analyses sur les gants retrouvés chez lui vont dans ce sens : on n'y a relevé que son ADN. Le plus grand service que nous pouvons lui rendre, c'est d'aider à ce qu'on retrouve l'assassin. Et pour y parvenir, une seule solution : se rendre disponibles si on a besoin de nous. Vous êtes officiellement dessaisis, mais si une illumination vous venait, partagez-la en bonne intelligence. Pas de guerre des services. Car c'est un combat que nous devons mener. Un combat pour mettre un fou furieux hors d'état de nuire, mais aussi pour laver le déshonneur d'un flic et celui du 3e DPJ. Si une personne ici a le moindre doute sur cette feuille de route et préfère quitter le navire, c'est maintenant !

Roussof attendit quelques instants avant de poursuivre. Quelques murmures s'étaient fait entendre ici et là, mais aucun flic ne manifesta la moindre désapprobation. Il conclut :

– Votre réaction de solidarité vous honore tous. Soyez prêts néanmoins à essuyer quelques remarques désobligeantes de la part de nos collègues. N'y prêtez pas attention et gardez le cap ! C'est en se serrant les coudes qu'on résoudra cette affaire. Sur ces bonnes paroles, je vous souhaite à toutes et à tous une bonne soirée et une bonne nuit.

Les Juju, Bertin, Fred et Thomas échangèrent quelques mots avant de se décider à aller prendre un verre ensemble. Personne n'avait envie de rentrer. D'autant plus que rien ne devait filtrer de ce qui se passait au 3e DPJ. Impossible dans ces conditions de partager avec leurs proches les sentiments divers qui les traversaient. Ils devaient rester ensemble et se protéger mutuellement du doute qui pouvait éventuellement poindre dans la tête des uns ou de la colère qui annihilerait tout espoir chez les autres.

Attablés, ils commandèrent des pintes de bière et trinquèrent au capitaine. Leur façon collective de réagir à cette situation inédite fut de se raconter les vieilles enquêtes, les faits d'armes de Sterling, les fous rires aussi. Thomas, la nouvelle recrue, écoutait attentivement, les yeux brillants. Juliette, dont les sentiments pour Sterling se réveillaient en ces jours sombres, resta sur la réserve la plupart du temps, tiraillée entre l'envie de participer à ce pot commun de souvenirs et la crainte de se trahir. Justine, en revanche, parla sans discontinuer toute la soirée – des mots pour se rassurer et pour se convaincre que le jeu en valait la chandelle. Fred lui donna la réplique : tel un duo d'humoristes aux sketchs bien rodés, ils racontèrent anecdote sur anecdote sans jamais se départir de leur enthousiasme. Jojo ponctuait certains de leurs propos, précisait ou contredisait un fait, en bon flic profondément attaché à ce qu'il appelait la vérité. Tout en profitant pleinement du moment, le lieutenant n'arrêtait pas de penser à Sterling et à l'état de colère et de frustration dans lequel il devait se trouver. Jojo avait scellé son destin à celui du capitaine, dévoué et critique tout à la fois. Aujourd'hui, il ne pouvait être ni l'un ni l'autre.

# 35

*Nous sommes si accoutumés*
*à nous déguiser aux autres*
*qu'à la fin nous nous déguisons*
*à nous-mêmes.*

La Rochefoucauld

– Bernie, c'est moi. Je ne te réveille pas ? demanda Sterling en entendant la voix de son ami au téléphone.

– Non, vieux. Je suis en train de regarder un film sur Internet. Une vraie drogue, ce truc-là. Qu'est-ce qui t'arrive ? Tu as une drôle de voix.

Sterling se mit à lui raconter les derniers rebondissements de l'enquête, notamment le dessaisissement du 3e DPJ au profit de la Crim et les doutes sur sa culpabilité. Au bout de quelques minutes, il proposa presque timidement :

– Je… En fait, le plus simple ça serait que je passe te voir, si ça ne te dérange pas, j'ai besoin d'une présence humaine.

– Pas de problème, fils. Ramène-toi. Je mets la bière au frais.

Une demi-heure plus tard, les deux amis étaient assis dans le salon de Bernie, à boire une Heineken. La tête penchée, les coudes sur ses jambes, Sterling regardait le sol comme s'il y cherchait la solution à ses problèmes. Son hôte finit par rompre le silence :

– Allez, David, parle. Explique-moi tout ce qui s'est passé en détail. Même si c'est le bordel dans ta tête, le salut est là, dans les mots.

Bernie avait prononcé cette phrase avec un accent de gravité dont il était peu coutumier. Sterling eut honte d'offrir ce spectacle à son ami, celui d'un homme abattu et passif. Reprendre le pouvoir sur son histoire en tentant de trouver une logique, une issue, une piste, c'était en réalité la seule échappatoire. Il lui raconta à nouveau la tournure qu'avait prise cette drôle d'affaire, sans rien omettre, même les moments humiliants, de l'interrogatoire aux soupçons qu'il devinait dans le regard de certains flics, et sa crainte d'être en effet capable de tuer dans une crise psychotique.

– Tu vas loin, David. Ça ne tient pas la route deux secondes, ton histoire.

– Je ne sais pas, Bernie. Ce qu'a dit ce Pyl à la fin de son audition, ça tourne en boucle dans ma tête. À la minute où j'ai vu ce mec, il m'a obsédé. Pour justifier cette obsession, je l'ai associé à l'enquête, et ce jusqu'à l'acharnement. J'ai dévié de la route pour y parvenir et c'est en train de me retomber sur la gueule. Pyl n'est en effet qu'une projection. J'ai vu en lui ce que je n'arrive pas à regarder en moi. C'est une catharsis, un révélateur, l'élément perturbateur qui fait sauter les digues : la société a besoin de ce genre d'individus pour se rassurer. Il rejoint la longue liste des coupables parfaits, lui, le petit monsieur rondelet et chauve qui sent le soufre. Mais quand ces gens-là sortent de leur rôle et se rebiffent en tendant simplement un miroir à leurs détracteurs, les équilibres se rompent, l'illusion disparaît et la monstruosité nichée au plus profond des êtres s'étale au grand jour. Et c'est aujourd'hui de la mienne qu'il s'agit. Je suis un Dorian Gray moderne, Bernie. J'ai laissé croire que j'étais du côté de la justice et du droit, un défenseur des victimes et un chasseur de tueurs, moi le flic « mûr » et « séduisant ». J'ai vu en cet homme quelque chose de familier, le versant perturbé de mon âme, mes propres abysses…

Sterling se tut, espérant des paroles réconfortantes. Rien ne vint. Un silence pesant s'installa même entre les deux hommes. Bernie, les yeux dans le vague, semblait avoir oublié la présence de son ami. Sterling, lui, tripotait ses mains, luttant contre l'angoisse qui commençait à l'envahir. Un malaise bientôt accompagné de gouttes de sueur, d'une difficulté à respirer et d'une accélération de son rythme cardiaque. Il se mit à souffler fort pour tenter de faire redescendre la pression, ce qui sortit Bernie de sa torpeur.

– Ah, t'es pâle comme un linge, fils. Attends voir, je vais te chercher une compresse d'eau froide...

Sterling se contenta de hocher la tête, l'air reconnaissant. Quelques instants plus tard, il avait repris ses esprits, même si une boule au ventre compressait encore son estomac.

– Je suis désolé de me montrer sous un jour aussi pathétique, Bernie.

– Bah... J'en ai vu d'autres tu sais. Et puis c'est presque rassurant, venant de ta part. Tes failles, c'est ce qui te rend supportable ! dit le vieux flic en souriant.

– « Un ami, c'est quelqu'un qui vous connaît bien et qui vous aime quand même », a dit je ne sais plus qui. Merci d'être cet ami, Bernie.

– Hé, tu vas pas te mettre à pigner, hein ? Sinon, on va être deux. Et on aura vraiment l'air cons.

– Oui et non. Pleurer un bon coup, ça permet d'affronter son chagrin. Perso, j'ai du mal à ouvrir les vannes, j'ai peur de ne plus pouvoir m'arrêter.

– C'est pas faux. Moi, je suis sec de l'intérieur. Et j'ai beau hydrater, rien n'y fait, dit Bernie en se levant.

Il revint avec deux bières. Et les deux hommes trinquèrent à nouveau.

– Bon, c'est pas tout ça mais va falloir penser à te sortir de ce pétrin. Et sans vouloir remuer le couteau dans la plaie – c'est le cas de le dire –, t'es dans la mélasse jusqu'au cou. Alors reprenons du début, faut trouver là où ça a merdé.

– Vraiment, Bernie, t'es pas obligé…

– Tu m'as confié une mission le jour où tu m'as appelé à l'aide. Et je ne suis pas homme à me défiler. Alors, on prend son courage à deux mains et on se creuse les méninges. Faut trouver le moyen de te disculper du meurtre de la Chinoise, le seul qui ne correspond pas aux autres. T'as demandé à Tom et Ben ?

– Oui, ils ne m'ont pas vu ce soir-là. Ils avaient privatisé le bar.

– Et t'es sûr que t'as pas mis une fille dans ton lit ?

– Sûr, non. Puisque je te dis que je ne me souviens de rien…

– C'est vrai que tu es du genre à sauter sur tout ce qui bouge sans que ça t'émeuve plus que ça. Je ne sais pas comment tu fais…

– Pas très compliqué, Bernie. Un cœur en hiver et une bite en été.

– Et tu en es fier, en plus ?!

– Pas le moins du monde, lucide tout au plus.

– Lucide mon cul, dit le vieux flic en serrant les dents.

Bernie regardait Sterling droit dans les yeux, l'air furieux. Le capitaine baissa les siens, sans trop comprendre ce qui avait déclenché cette colère sourde. Mais compte tenu de la piètre opinion qu'il avait de lui-même en ces jours sombres, il accepta le jugement sans broncher. Après quelques secondes de silence, il se leva pour se rendre aux toilettes. En ressortant, il reprit le couloir qui le séparait du salon et s'arrêta devant la photo accrochée au mur d'une jeune femme blonde, menue, le sourire timide, qui humait une fleur dans un jardin. Sa tenue, une salopette-pattes d'éléphant, indiquait que le cliché devait dater des années 1970. Les couleurs étaient un peu passées, mais la sensation de plénitude qui en émanait était, elle, bien présente.

Sterling retourna s'asseoir et scruta Bernie, toujours assis sur son fauteuil, regardant dans le vague. Il perçut alors ce qu'il n'avait jamais vu jusque-là : de la rage émanait de tout son corps ; une aura noire, d'une telle intensité qu'elle obscurcissait la pièce et rendait Bernie presque effrayant. Celui-ci leva les yeux.

– Elle était jolie, hein, ma Liliane, quand elle était jeune ?

– Je me demandais justement…

– Oui, c'est elle, l'interrompit Bernie. À l'apogée de sa beauté. 30 ans, le plus bel âge de la vie. On nageait dans le bonheur. Et puis… et puis cette même vie qui t'a tout donné, un jour ou l'autre elle te reprend tout. Brutalement, sauvagement.

– Je sais à quel point ça été dur.

– Dur ?! Tu n'en as aucune idée, David, toi, le mec qui a renoncé à l'amour et qui perd la boule quand une gonzesse le fait vaguement bander… Ça n'a pas été dur, ça a été… Il n'y a pas de mots pour décrire ça en réalité. Et même si je m'échinais, pas sûr que tu comprennes.

– Essaye. Peut-être que ça te ferait du bien d'en parler.

– Eh ben… Il aura fallu tout ce temps pour que tu réalises que tu n'es pas le seul à souffrir sur cette Terre ? Bravo, j'applaudis des deux mains. Mais c'est trop tard, David, je n'ai plus envie de me confier à qui que ce soit, surtout pas à toi.

– Écoute, Bernie, tu as l'air fatigué. Je vais te laisser…

– Tu vas aller nulle part, David.

Tout en prononçant ces mots, Bernie avait lentement mis la main dans le pli du fauteuil et pris l'arme qui s'y cachait. Il la pointait désormais sur Sterling.

– Qu'est-ce… qu'est-ce que tu fais, Bernie ?

– Je mets un terme à toute cette histoire. Je n'en peux plus de t'entendre geindre, David. Toi, le flic « mûr » et « séduisant ». Tu ne changeras donc jamais ? Tu n'es qu'un petit morveux à l'ego disproportionné qui emmerde son entourage avec ses états d'âme à la con !

– Je ne comprends pas, Bernie. Qu'est-ce qui te prend ? Toi, mon ami…

– Ton ami ! Laisse-moi rire. Encore une projection, fiston. J'avoue, je suis bon comédien. Et puis jouer ce rôle m'a permis d'avoir un accès privilégié à toi, de te suivre dans les dédales de tes interrogations. Te voir pédaler dans la semoule a été un plaisir dont tu n'as même pas idée, toi, le soi-disant surdoué qui n'a eu de cesse de me mettre sur la touche quand je faisais encore partie de cette putain de famille qu'on appelle la police. L'affaire Keller et tous les lauriers que ça t'a valus, j'en ai vomi des nuits entières.

Un rictus de dégoût apparut sur le visage de Bernie. De son regard jaillissait une haine profonde, intense, incontrôlable.

– Mais de quoi tu parles, Bernie, je ne t'ai jamais mis sur la touche !... C'était normal que le procureur nous refile le dossier !

– Je sais, c'est la procédure. J'parle pas de ça. Quand t'as récupéré l'affaire, t'as fait tes coups en douce, comme d'habitude. Et là, plus de Bernie. Alors que c'est moi qui ai compris avant tout le monde ce que ce gosse était capable de faire.

Bernie regardait Sterling fixement, laissant tout à coup paraître sa rage et sa frustration. Ses yeux s'étaient injectés de sang, sa lèvre supérieure tremblait légèrement.

– Tu es complètement dingue, finit par dire Sterling.

– Dingue, non. Virtuose, oui. Je me suis trouvé des talents cachés, sur le tard. De quoi remplir une retraite, qui aurait pu sérieusement fleurer l'ennui si je n'avais pas décidé un jour de mettre un couteau dans ma poche. Ne fais pas l'étonné. Tu as compris que c'était moi au moment où tu as vu la photo de ma Liliane. Tu aurais pu partir en courant, appeler du renfort. Mais non, tu es revenu gentiment t'asseoir. Et pourquoi ? Parce que tu penses que tu auras toujours le dessus sur moi. Je me trompe ?

– Je... mais pourquoi ?

– Ah, ça t'en bouche un coin, hein ? Tu ne m'en aurais pas cru capable, avoue. Ou tu n'as pas voulu voir la vérité en face. Je ne sais pas. En tout cas, tu as préféré harceler ce pauvre Pyl, qui n'y est pour rien, quelle blague ! Tu m'as fait beaucoup rire avec cette idée fixe. J'ai observé le bonhomme après que tu m'en as parlé. Le coupable idéal ! Tu étais paumé et, comme tu ne supportes pas l'échec, tu as fabriqué un suspect de toutes pièces. Très intéressant à observer, cela dit : la psyché humaine est tellement pathétique par moments.

– Et la tienne de psyché, Bernie, elle est comment ?

– La mienne ? Puissante, maîtrisée, indifférente à la moindre émotion de pacotille dont tu t'es fait une spécialité. Et plus je tue, plus elle se renforce. J'ai assassiné Hélène Messan presque par hasard, mais avec quelle maestria ! Tu en conviendras, David : il en faut pour tuer au milieu d'une foule. Sans parler des quatre coups de couteau. Un vrai chef-d'œuvre de précision, chaque coup représentant l'un des éléments du signe de croix : au nom du Père, du Fils et du Saint-Esprit, amen. Comme je te l'ai dit, avant d'intégrer la BAC, j'adorais assister aux autopsies ! Et puis réciter cette prière à ce moment précis, c'était tellement faire la nique à tous ceux qui se sont crus supérieurs à moi tout au long de ma vie, à commencer par mon minable de père, qui me forçait à aller au catéchisme pendant qu'il baisait la voisine et tapait sur la gueule de ma mère. J'ai subi sa violence et je l'ai haï pour ça, tout comme j'ai haï tous ceux qui n'ont eu de cesse de me rabaisser.

C'est fini tout ça, David, car l'être supérieur c'est moi. Seul Dieu a le pouvoir de vie ou de mort. Dieu et les assassins. On fait partie du même clan. À ce détail près, ma Sainte-Trinité à moi, ça serait plutôt « sang-froid, adresse et adrénaline », les trois ingrédients d'un cocktail détonant qui m'a tout de suite rendu accro…

Bernie s'était tu, tout à ses souvenirs et aux sensations que lui avait procurées ce premier meurtre, l'acte initiatique qui l'avait transformé en tueur en série.

– Et les autres ? avança Sterling, mû par le besoin impératif de gagner du temps et une curiosité sincère, presque morbide.

– Les autres ? Tu voudrais bien savoir, hein ? Allez, c'est cadeau. C'est un secret que tu emporteras dans ta tombe, vu que je vais te faire la peau une fois terminé le récit de mes crimes. J'ai pas encore eu les couilles de tuer un mec. Tu seras le premier, l'heureux élu, un choix qui ne doit rien au hasard, tu t'en doutes. Ces filles me menaient toutes à toi. Tu avais raison sur ce point : je les ai choisies au hasard de mes pérégrinations parce qu'elles étaient blondes, minces et jeunes, comme ma Liliane quand je l'ai rencontrée. Ma façon de la punir d'être partie avant moi. Bon, pour la Chinetoque, j'ai merdé. C'est une fois à dix centimètres d'elle que j'ai vu qu'elle n'était pas mon type. C'était trop tard. Pas étonnant que ce soit elle qui m'ait donné le plus de fil à retordre ; je n'aurais pas dû la tuer. Les autres, si, c'était écrit. Comme mes terrains de chasse, tous en lien avec toi. Je voulais que tu sois en charge de l'enquête pour avoir accès à vos investigations ; j'ai été aux premières loges. Mais là où la réalité a dépassé mes rêves les plus fous, c'est que l'on t'accuse, toi, le flic superstar qu'on montre à la télé et qui tombe tout à coup de son piédestal, même à ses propres yeux. Quelle ironie, quand on y pense ! J'ai acheté cette paire de gants pour te ressembler, David. Et c'est grâce à elle que je me vengerai de ne pas être toi. Voilà, tu sais tout ou presque. Reste le final : j'avais la certitude que tu finirais par venir me voir. Tu chiales comme un bébé quand tu as bobo et tu appelles le vieux Bernie à la rescousse. Et là, le coup de génie : je vais te tuer en état de légitime défense, moi, le confident à qui tu as avoué ton crime et qui, par sens du devoir et fidélité aux valeurs de la police, allait te dénoncer quand tu as pris une arme. Tout le monde se félicitera que tu m'aies loupé et que j'ai eu un flingue à portée de main…

– Qu'est-ce qui te dit que j'ai une arme sur moi ?

– Je sais bien que tu n'en as pas. Tu l'as rendue au commissaire, c'est la procédure. Tu me prends pour un bleu, Sterling, comme à ton habitude. Ton mépris et ton sempiternel complexe de supériorité t'auront perdu, vieux. Bernie a tout prévu. Des armes, j'en ai plein. Il sera facile de démontrer que tu as pu te procurer l'une d'entre elles, les numéros de série ont évidemment été effacés. Après t'avoir abattu, je mettrai un colt dans ta main et les gants en pécari dans ta poche, avec ton ADN dessus évidemment, et je te ferai tirer, histoire qu'on retrouve des résidus de poudre sur tes doigts et que les voisins témoignent avoir entendu deux coups de feu. Du pur génie, j'te dis !

Bernie laissa passer quelques secondes, le sourire du Joker sur les lèvres. Puis :

– Je suis vraiment content que tu sois l'acteur principal d'une mise en scène qui va être l'apothéose de ma carrière. Il me reste quelques détails à régler et le rideau va pouvoir tomber. Pour être franc avec toi, je ne suis pas sûr de continuer à tuer, ça devient lassant, à force. Surtout si tu n'es plus là pour enquêter.

– Pauvre Liliane, si elle savait…

– Laisse ma Liliane où elle est. Rien de tout ça ne serait arrivé si elle était encore de ce monde. Mais je me console : elle est partie avec une sale image de moi, petit flic en fin de carrière qui s'effaçait devant les jeunots ou le beau gosse admiré pour son instinct et sa sagacité. Si elle me voyait aujourd'hui, elle serait tellement fière…

– Fière, peut-être, si tu avais le courage de te rendre, Bernie, et d'assumer tes actes publiquement. Et puis, à quoi ça sert de faire de grandes choses si personne ne les voit ?

– Et voilà, tu continues à me prendre pour un con ! Quand je ne suis pas le Kleenex dans lequel tu te mouches comme un mioche, je suis ton faire-valoir… Pauvre David, tu me fais penser à ce chat bloqué sur une ligne droite, dont tu m'as parlé. Et ce coup-ci, ce n'est pas Bernie qui va t'aider à prendre la tangente ! Parce que cette putain de tangente, je l'ai prise un soir de fête nationale et je n'ai pas arrêté de tourner depuis. Suffit de s'enlever les œillères, David, et tout s'éclaire. Toutes les combinaisons possibles, tous les chemins sinueux que la société et sa morale à la con nous empêchent de prendre… Quelle sensation de liberté incroyable, de faire des tours dans tous les sens, sans rien s'interdire, sans rien s'imposer !

– La liberté de tuer des jeunes femmes innocentes… Mais de quoi tu parles, Bernie ? T'es un flic, bordel de merde. La morale, la justice, c'est ce qu'on défend tous les jours. Sans la police, plus de garde-fous et c'est le chaos assuré, le retour à l'état sauvage. Les hommes sont incapables d'être libres…

– Arrête d'essayer de philosopher, David, et de m'embobiner avec de jolis mots qui ne veulent rien dire. T'as toujours pas compris que la partie était terminée ? Il fait pitié, le joueur de poker qui a trouvé plus fort que lui au bluff. Si tu te voyais, tu rigolerais avec moi. Dommage qu'on ne partage pas ce dernier moment de complicité, ça me rendrait presque nostalgique de nos beuveries communes…

Bernie commença à rire à gorge déployée. Un rire monstrueux, qui fit frémir le capitaine. Mais qui provoqua chez le vieux flic un court instant d'inattention. Sterling mit la main dans la poche de sa veste et fit feu à travers le tissu. À plusieurs reprises. Il resta là sans bouger un bon moment. Il finit par se lever, tâta le pouls de Bernie pour s'assurer qu'il était bien mort et se rassit, en pleurs. Il savait que les policiers ne tarderaient pas à arriver, alertés par les voisins. Il serait accusé du meurtre de Bernie et il aurait du mal à prouver qu'il avait tué l'assassin d'Hélène, Lou, Fa et Mélanie, et ainsi résolu l'enquête. Sa seule satisfaction : l'avoir emporté contre l'adversaire le plus coriace qu'il ait été amené à croiser dans sa vie. Aveuglé par le sentiment de toute-puissance que lui donnait son arme, Bernie avait surestimé sa capacité à prendre le dessus sur Sterling. Il avait aussi sous-estimé son désespoir : le capitaine s'était muni d'une arme – comme Bernie, il en avait deux ou trois planquées dans un placard et conservées de façon parfaitement illégale –, l'avait glissée dans une poche de sa veste, non pour se défendre mais pour pouvoir se mettre une balle dans la tête si le désespoir devenait trop lourd à gérer. Le plan n'était pas écrit, le projet pas très clair, mais sa sœur avait raison, flirter avec la morbidité était toujours un jeu dangereux. Porter cette arme lui donnait la sensation d'être maître de son destin. De sa fin, à tout le moins. Un sentiment de liberté qui lui avait procuré un semblant de bien-être quand il l'avait glissée dans sa poche.

Sterling resta prostré pendant de longues minutes, son pistolet toujours à la main. Les sirènes le sortirent à peine de sa torpeur. Il entendit vaguement les flics monter jusqu'à l'appartement, puis défoncer la porte et pointer leurs armes sur lui en lui enjoignant de lâcher la sienne et de lever les mains en l'air.

*

Assis dans une salle d'audition du commissariat, le capitaine de police David Sterling regardait fixement le plafond. Il se rejouait la scène chez Bernie sous différents angles, tel un cinéaste à la recherche du plan juste. Il mit quelques secondes à réaliser que Jojo était entré dans la pièce.

– Jojo, mais qu'est-ce que tu fais là ? T'as pas le droit de venir me voir, je te rappelle.

– T'en fais pas pour ça, David, rétorqua Jojo en scrutant le capitaine. Tu as une mine à faire peur, mon pote.

– J'ai le sommeil un peu perturbé ces temps-ci, va savoir pourquoi.

– Je vais sans doute t'aider à retrouver les bras de Morphée ! Après avoir entendu ta version des faits, les collègues ont perquisitionné l'appartement de Bernie… Et ils ont trouvé des choses pour le moins intéressantes…

– Quoi ?

– Un couteau de cuisine qui correspond en tout point à l'arme utilisée pour les différents crimes. Selon la scientifique, il y avait des traces de sang humain dessus. Et ce n'est pas tout…

– Quoi d'autre ? demanda Sterling, tout ouïe.

– Ils ont également retrouvé des vêtements tachés de sang dans sa penderie – les analyses sont encore en cours, mais les résultats ne font pas de doute –, ainsi qu'une paire de gants en cuir de pécari noir auquel il manque un petit bout, vraisemblablement arraché avec des dents. Le labo a été rapide, sur ce coup-là : l'ADN de Fa Xing a été identifié ; le tien, en revanche, ne figure sur aucune de ces pièces à conviction.

– Incroyable… Il ne les a pas fait disparaître ?!

– Faut croire que non. Il pensait sans doute s'en charger après t'avoir mis une balle. Ou pas, car après tout pourquoi les flics auraient fouillé son domicile s'il avait réussi son coup ?

– Ces objets avaient de la valeur à ses yeux, ça c'est sûr. Le symbole de ma toute-puissance imaginée qui devenait sienne…

Cette dernière réflexion plongea les deux flics dans un long silence rompu par Jojo qui, en tapant dans le dos de son boss, finit par dire :

– La légitime défense ne fait aucun doute. Rien à craindre de ce côté-là, mais ça ne veut pas dire que tes emmerdes sont terminées : Stefan s'est rétracté, il a avoué le coup monté, et Pierre-Yves Lemaître a été totalement mis hors de cause. Mais garde espoir, David, c'est bientôt la fin du cauchemar. Pas sûr que tu fêtes l'événement avec Clémentine, cela dit. Elle semblait très en colère contre toi.

Le capitaine encaissa l'information avec un sentiment mêlé de soulagement et de tristesse. Encore sous le choc, il réussit à dire :

– Je me doute bien qu'elle ne m'accueillera pas les bras ouverts, si jamais on se revoit. Mais ce n'est pas ce qui me préoccupe le plus. Je n'arrête pas de penser à Bernie. Jamais je n'aurais imaginé ça, je l'ai toujours considéré comme mon ami… Comment j'ai pu être aveugle à ce point ?

– « Nous sommes si accoutumés à nous déguiser aux autres qu'à la fin nous nous déguisons à nous-mêmes… », a écrit La Rochefoucauld.

– Je sais bien, c'est moi qui te l'ai apprise ! Et je n'apprécie pas trop que tu me piques mes répliques, Jojo. Les citations, c'est quand même ma marque de fabrique, grogna Sterling, l'air faussement courroucé.

– C'est sûr.

– Que veux-tu, c'est mon péché mignon, qui a un grand mérite : ça ne fait de mal à personne.

– La vérité, ça peut faire mal, David.

Sterling sourit et se leva pour suivre son collègue, qui l'invita à rejoindre l'open space, où toute l'équipe l'attendait. On poussa des « Hourra ! » et des « Hip hip hip ! ». On sabra le champagne et on rit beaucoup. On pleura aussi, sur la folie qui avait peu à peu gagné Bernie sans que quiconque s'en aperçoive. Chacun y alla de sa théorie, de son anecdote, de ses « rétrospectivement, ça aurait dû m'alerter ». Le capitaine ne participa pas à la mise en commun des souvenirs et des tentatives d'explication. Ce n'était pas encore le moment de la digestion, l'image obsédante de Bernie braquant son arme sur lui l'empêchait de raisonner avec la distance nécessaire. Il se sentait survivant au milieu de ses collègues, savourait la sensation que lui faisait l'air entrant dans ses poumons. Petit à petit, les discussions autour de lui se transformèrent en brouhaha, il ne distinguait plus les mots, juste des sons, des intonations, se sentit gagner par l'envie d'être seul. Il prit sa veste, chercha du regard Roussof, s'approcha de lui et lui glissa à l'oreille :

– L'assassin a bel et bien commis l'erreur que l'on attendait tous. J'en suis la preuve vivante.

Remerciements

J'ai commencé ce livre à l'été 2014 et je l'ai terminé au printemps 2021. Durant toutes ces années, de nombreuses personnes m'ont accompagnée dans cette incroyable aventure qu'est l'écriture d'un polar. Qu'elles en soient remerciées.

Merci à mon père, qui n'est plus là et qui est partout, dans ma vie comme dans ce livre.

Merci à ma mère, qui m'a transmis le goût des nuances et des contradictions, formidable terreau littéraire.

Merci à mes proches (ils/elles se reconnaîtront), qui m'ont incitée à écrire de la fiction puis à persévérer.

Merci à Naïri et à Gaëlle, mes fidèles relectrices, pour leurs remarques constructives et leurs encouragements.

Merci à Yann, mon compagnon, pour son soutien indéfectible mais aussi pour son regard critique et bienveillant sur mes écrits.

Merci à Michèle, psychologue, Brigitte, Bruno et Olivier, magistrats, pour leur précieuse expertise.

Merci à Anne-Charlotte, mon agente, sans qui vous ne tiendriez pas ce livre entre vos mains.

Merci à Aurélien Masson, mon éditeur, pour sa confiance, ses conseils avisés et son enthousiasme.

**Dans la même collection**

# EQUINOX

*Racket*, Dominique Manotti, mars 2018
*Un feu dans la plaine*, Thomas Sands, mars 2018
*Ceci est mon corps*, Patrick Michael Finn, avril 2018
*Mamie Luger*, Benoît Philippon, mai 2018
*Requiem pour Miranda*, Sylvain Kermici, septembre 2018
*Présumée disparue*, Susie Steiner, octobre 2018
*L'éternité n'est pas pour nous*, Patrick Delperdange, octobre 2018
*Les Féroces*, Jedidiah Ayres, novembre 2018
*L'Étoile du Nord*, D.B. John, janvier 2019
*Mauvais œil*, Marie Van Moere, janvier 2019
*La Vague*, Ingrid Astier, février 2019
*Paradigma*, Pia Petersen, février 2019
*Cherry*, Nico Walker, avril 2019
*Ma douleur est sauvagerie*, Pierric Guittaut, avril 2019
*Le Triomphant*, Clément Milian, mai 2019
*Glory Hole*, Frédéric Jaccaud, mai 2019
*L'Icône*, Thierry Marignac, septembre 2019
*Personne inconnue*, Susie Steiner, septembre 2019
*La Meute*, Thomas Bronnec, octobre 2019
*Le Second Disciple*, Kenan Görgün, novembre 2019
*City of Windows*, Robert Pobi, janvier 2020
*C'est pour ton bien*, Patrick Delperdange, février 2020
*Donbass*, Benoît Vitkine, février 2020
*Joueuse*, Benoît Philippon, mars 2020
*Marseille 73*, Dominique Manotti, juin 2020
*The Cry*, Helen Fitzgerald, juin 2020
*L'Un des tiens*, Thomas Sands, octobre 2020
*Tu me manqueras demain*, Heine Bakkeid, octobre 2020
*Lëd*, Caryl Férey, janvier 2021
*Tous complices !*, Benoit Marchisio, février 2021
*Un dernier ballon pour la route*, Benjamin Dierstein, mars 2021
*Serial Bomber*, Robert Pobi, avril 2021
*L'Heure du loup*, Pierric Guittaut, avril 2021
*Rendez-vous au paradis*, Heine Bakkeid, mai 2021
*Pandémonium*, Sylvain Kermici, août 2021
*Green Man*, David Klass, septembre 2021
*Garde le silence*, Susie Steiner, octobre 2021

*Milliame Vendetta*, Bernard Muñoz, octobre 2021
*Jolies Choses*, Janelle Brown, janvier 2022
*La Cour des mirages*, Benjamin Dierstein, janvier 2022
*La Fille du ninja*, Tori Eldridge, février 2022
*Les Loups*, Benoît Vitkine, février 2022

L'exemplaire que vous tenez entre les mains
a été rendu possible grâce au travail de toute une équipe.

Édition : Aurélien Masson
Couverture et conception graphique : Éric Pillault
Illustration : Stéphane Trapier
Logo EquinoX : Killoffer
Révision : François des Accords, Nathalie Mahéo
et Isabelle Paccalet
Mise en page : Soft Office
Photogravure : Point 11
Fabrication : Lucie Le Bon
Commercial et marketing : Pierre Bottura
Relations libraires : Jean-Baptiste Noailhat et Damien Nassar
Presse et communication : Hind Boutaljante
avec Axelle Vergeade
Les Arènes du savoir : Piere Bottura avec Marc Blactot,
Laura Darmon, Adèle Hybre, Guillaume Lollier
et Clémentine Malgras

Rue Jacob Diffusion : Élise Lacaze (direction), Katia Berry
(grand Sud-Est), François-Marie Bironneau (Nord et Est),
Charlotte Jeunesse (Paris et région parisienne),
Christelle Guilleminot (grand Sud-Ouest), Laure Sagot
(grand Ouest), Diane Maretheu (coordination),
Charlotte Knibiehly (ventes directes) et Camille Saunier
(librairies spécialisées)

Distribution : Interforum

Droits France et juridique : Geoffroy Fauchier-Magnan
Droits étrangers : Sophie Langlais
Accueil et librairie : Laurence Zarra et Lucie Martino
Animation : Sophie Quetteville
Envois aux journalistes et libraires : Vidal Ruiz Martinez
Comptabilité et droits d'auteur : Christelle Lemonnier,
Camille Breynaert et Christine Blaise
Services généraux : Isadora Monteiro Dos Reis

© Les Arènes, Paris, 2022
Tous droits réservés pour tous pays.

Les Arènes,
17-19, rue Visconti, 75006 Paris
Tél. 01 42 17 47 80
arenes@arenes.fr
www.arenes.fr

IMPRIM'VERT®

PEFC
10-31-2541
Certifié PEFC
Ce produit est issu de forêts gérées durablement et de sources contrôlées
www.pefc-france.org

L'ensemble de cet ouvrage a été réalisé
dans le respect des règles environnementales en vigueur.
Il a été imprimé par un imprimeur certifié Imprim'vert,
sur du Lac 2000 PEFC pour l'intérieur
et une carte Metsäboard PEFC pour la couverture.

Achevé d'imprimer sur les presses de l'imprimerie
Normandie Roto Impression s.a.s. à Alençon (Orne) en janvier 2022.

ISSN : 2609-7966
ISBN : 979-10-375-0585-9
N° d'impression : 2200025
Dépôt légal : Mars 2022

Imprimé en France